GUITARRA
JAGUAR

ERICK DE KERPEL

GUITARRA JAGUAR

SUMA
de letras

Guitarra Jaguar

Primera edición: abril, 2018

D. R. © 2018, Erick De Kerpel

D. R. © 2018, derechos de edición mundiales en lengua castellana:
Penguin Random House Grupo Editorial, S. A. de C. V.
Blvd. Miguel de Cervantes Saavedra núm. 301, 1er piso,
colonia Granada, delegación Miguel Hidalgo, C. P. 11520,
Ciudad de México

www.megustaleer.mx

D. R. © 2018, Penguin Random House /Daniel Bolívar, por el diseño de portada
D. R. © 2018, Daslav Maslov, por la ilustración de portada
D. R. © 2018, Manolo Merelles / Diagonal, por la fotografía del autor

ISBN: 978-607-316-345-3

Impreso en México – *Printed in Mexico*

El papel utilizado para la impresión de este libro ha sido fabricado a partir de madera procedente
de bosques y plantaciones gestionadas con los más altos estándares ambientales, garantizando
una explotación de los recursos sostenible con el medio ambiente y beneficiosa para las personas.

| Penguin
Random House
Grupo Editorial

Para Olivia y Chloé

Al sur de los Estados Unidos hay una leyenda que cuenta la historia de un músico de nombre Robert Johnson. Se dice que una noche en que la luna estaba llena y los grillos cantaban sin cesar, Johnson se levantó de su cama sin motivo aparente, tomó su guitarra y caminó a un lado del cause del río Sunflower hasta llegar al cruce de dos senderos. Ahí se topó de frente con un ente alto y oscuro que llevaba un rato esperándolo. Con unas manos largas y afiladas le arrebató a Johnson su guitarra y comenzó a afinarla con cuidado. Una vez que hubo terminado, tocó las cuerdas con una destreza inusual, creando una música bellísima, jamás escuchada por ningún otro hombre. Después de interpretar algunas canciones, el extraño reveló su identidad: era el diablo.

El diablo le ofreció a Johnson un trato: ese mágico sonido a cambio de su alma. El tímido joven aceptó el trato y se convirtió en el mejor guitarrista que ha existido en el mundo. Fue así, tocando la música del diablo, o *the blues* como se le empezó a conocer coloquialmente, que Johnson se convirtió en una leyenda a lo largo y ancho del río Mississippi.

Seis años después, el diablo decidió reclamar su parte del trato, buscó a Robert Johnson y le arrebató el alma.

Acababa de cumplir veintisiete años.

Leyenda popular americana

A diferencia de los grandes virtuosos de la guitarra, cada que toco un riff debo poner especial atención en ver por cuáles trastes desfilan mis dedos, de lo contrario las posibilidades de cagarla aumentan exponencialmente. Mirar en otra dirección es un riesgo calculado que reservo para la intimidad de los ensayos. Mi concentración siempre es total, soy un profesional y no puedo descuidar un detalle que le abra la puerta al error. Es por eso que procuro acercarme al Marshall MG para escuchar con mayor claridad lo que de él sale y para pegarle un trago a la cerveza que descansa encima. En eso estoy, tocando el riff de *Shine*, el último sencillo de la banda. Me siento hipnotizado observando cómo la plumilla rasga la cuarta y quinta cuerdas a ritmo sincopado y cómo los dedos de mi mano izquierda se deslizan a través del brazo de Woodstock, como bailarinas haciendo suertes sobre el piso abrillantado de un salón. Según yo, la ejecución está resultando impecable, pero de repente escucho a Imbécil desafinar. Sin dejar de poner atención a la guitarra me hago un poco hacia la izquierda para quedar ahora enfrente de su monitor. En efecto, su bajo suena como si le hubiera pasado un tractor encima. Lo miro de reojo y le doy una patada en la espinilla para hacerlo reaccionar. Nada. Está tan drogado que no es capaz de sentir nada, aunque le hubiera pegado con un bat en la espalda. Sin darme cuenta, lanzo hacia él una mirada de reproche que hace a mi riff desbaratarse en un universo de disonancias. La audiencia no tiene piedad, no está dispuesta a permitir que corrijamos otro error, por lo que comienza la lluvia de hielos, vasos y monedas de a peso. Harris sale de ritmo y se achica entre sus tambores en un intento inútil por esquivar los proyectiles; Imbécil sigue en lo suyo disfrutando lo que para él es un concierto de "suputamadre".

Antes de que los ánimos se calienten más, desconecto el plug de la guitarra, dejo caer el cable al piso y me dirijo a toda velocidad a refugiarme atrás del escenario.

El backstage del Costa Negra está muy lejos de ser un backstage como los que habito en mis sueños, con sillones de piel, jacuzzis, fruteros repletos de cocaína y botellas de champán. Es más bien una mugrosa bodega donde se apilan cajas vacías de cerveza, bocinas desconadas y retazos de aparatos eléctricos.

Entro rápido, dándole una patada al estuche donde Harris acostumbra transportar el bombo. Es un objeto muy versátil porque además de facilitar la movilidad del enorme tambor, se convierte en un *locker* donde guardamos las pertenencias que no tienen cabida en el show, tales como chamarras, celulares y llaves. Me alcanza Harris, limpiándose con un trapo los líquidos que no pudo esquivar.

—¿Qué pasó güey? —pregunta sin entender por qué abandoné el escenario.

—¿No oíste? Imbécil estaba tocando del culo, se le debe haber pasado la mano con la dosis —me tiro de nalgas sobre la alfombra y hundo la cabeza entre las rodillas.

Éste es el cuarto show en el mes que se va al diablo por alguna razón ajena a mi control. Me reincorporo con pesar para abrir el estuche del bombo, saco una botella de whisky, le doy un trago largo y permanezco inmóvil escuchando cómo detrás de la rechifla se mantiene una incoherente línea de bajo. Por fortuna, la concurrencia no rebasa las cincuenta personas. De haber sucedido el concierto en otro foro y presentándose otra banda, sin duda el lugar estaría más lleno. Segundos después aparece Lulú, muy nerviosa, con el pelo azul alborotado.

—¡Te dije que nos teníamos que deshacer de él! —me arranca la botella de las manos y la mete de vuelta en el estuche.

Se queda seria, esperando a que al fin le dé la razón, pero yo sólo pienso en la forma de sacar a Imbécil del escenario sin tener que enfrentarme al ridículo. Por suerte, la última vez que tocamos ahí, descubrí el interruptor que alimenta de energía al escenario. Recorro una cortina negra que cubre una de las paredes para destapar la caja de fusibles. Pum. Se acaba el show. En la oscuridad, me quito la playera del c.b.g.b. y me pongo una negra genérica que ajusta en los bíceps y que según yo crea el efecto de hacerlos ver más grandes, pero en realidad lo único que ayuda a resaltar es mi gran barriga cervecera. Encima, me pongo el saco de piel de víbora que una vez encontré en un botadero navideño en Macy's y con el que me siento igualito a Sailor Ripley. Salgo titubeando del backstage esperando que nadie reconozca que soy el frontman de The Heartbeasts, de lo contrario algún borracho puede ensañarse conmigo, no sería la primera vez.

Me instalo en un banco frente a la barra y, para no perder el ritmo, ordeno otro whisky que liquido de un trago. Mientras se evapora el alcohol de mi boca, las ganas de moler a golpes a Imbécil también se esfuman.

—¿Te sirvo otro? —pregunta el bartender.

Lo analizo por un instante, tiene un rostro curioso. Debe estar en sus cincuenta, su cara es ovalada y lleva un bigote recortado a la Django Reinhardt. Limpia los vasos con tal hueva que es obvio que no tiene prisa por salir temprano. Hago girar un portavasos sobre la barra, como si se tratara de una moneda.

—Que si quieres otro Jack —insiste con voz profunda.

Cierro los ojos para tratar de medir el nivel de mi peda, buscando entrar en contacto con un centro de control mental desde donde se me autoriza a seguir bebiendo.

—Bueno, gracias.

Django saca la botella de whisky de entre un montón de botellas de whisky y con pericia la gira en el aire para luego rellenar el vaso en un mismo movimiento.

—¿Eres de los güeyes que bajaron a hielazos, correcto?

Dejo caer el portavasos sobre la barra, la mirada también.

—Ei —entonces él devuelve la botella a su lugar, coloca las manotas encima de la barra y me ve con lástima.

—No te preocupes. He visto bandas mejores a las que les ha ido mucho peor —inhalo hondo. Será necesario más que eso para animarme. Después de una pausa sigue—. Hace varios años, cuando trabajaba en Tijuana, me tocó ver tocar a Nirvana. También les fue re-mal, pobres cabrones.

Abro muy grandes los ojos y me reclino súbitamente hacia delante para escuchar mejor; tal vez la música fuerte me hizo oír otra cosa.

—¿Nir-va-na? ¿Nir-va-na en Ti-jua-na? —pregunto marcando las sílabas, con voz fuerte.

—Simón… También les llovió chingadera y media. Pobres güeros, estaban bien sacados de onda —sin interrumpir su relato, comienza a vaciar una bolsa de hielo encima de la tarja.

—No, no… Debes estar confundido. ¿Estás hablando de Nirvana, la de Kurt Cobain? —pregunto otra vez, balanceándome entre la risa y la incredulidad.

—Esos meros.

Este sujeto debe de creer que estoy más borracho de lo que aparento. Puedo apostar que nunca tocaron en México y mucho menos en Tijuana.

Mi desconfianza es palpable, así que se apura a precisar:

—Tocaron en el noventa. Creo que por ahí de febrero o marzo, tal vez abril —voltea los ojos tratando de recordar—. La neta no me acuerdo, pero si no me crees, búscalo en internet.

Es cierto que en el noventa apenas estaban empezando. Eran casi tan desconocidos como The Heartbeasts lo es ahora.

Liquido el vaso con alcohol y me seco las manos sudorosas restregándolas varias veces sobre mis jeans. Kurt Cobain es de mis ídolos. Aunque yo era muy chico cuando él estaba en la cúspide de su carrera, lo comencé a seguir durante la adolescencia. Me gusta su música, sus letras, su forma de ver la vida. Siempre he creído que tengo más cosas en común con él que con ningún otro artista. Se debe necesitar unas pelotas muy grandes para empujarse el cañón de una Remington adentro del hocico, ya ni se diga para jalar del gatillo.

—Buena onda el Kurt. Nos caímos bien.

—¿Qué quieres decir con "nos caímos bien"? —pregunto ansioso.

—Bueno… Es un decir. Se quedó platicando en la barra conmigo hasta tarde, así como tú.

Me acomodo sobre el banco y con una mano levanto la solapa de mi saco de piel. Me imagino en los zapatos de Kurt Cobain; un incipiente rockstar platicando generoso con un bartender que algún día contará la feliz anécdota de cómo lo conoció cuando no era nadie.

—¿Y qué platicaban?

—Nada importante. De viejas, sobre todo. Me acuerdo que primero se acercó a mí porque andaba buscando drogas… No quería regresar a su tierra sin probar mercancía mexicana, como si no supiera que toda la de allá es la misma de acá. Luego se le pasaron los tragos y se quedó ahí sentadito platicándome de su chava, de su banda, de que un pastor alemán en la garita no lo dejaba en paz porque su chamarra olía a mota, en fin. Estoy seguro de que le caí bien.

Intento ocultar mi entusiasmo, mas Django no es nuevo en esto de las charlas de ocasión. Los bartenders también tienen su público y sin duda soy el mejor que ha tenido en años.

Sin dejar de acomodar las botellas, dice animado:

—Cuando le pasé la cuenta, resultó que el cabrón no traía un clavo y los compas de su banda ya se habían largado a seguirla a otra parte, así que me tuvo que dejar en prenda su guitarra, una guitarra de marca Jaguar.

Siento a mi corazón pegar un vuelco, así que me lanzo sobre la barra para tomar la primera botella que encuentro a la mano y darle un trago que me quema la garganta.

—¡La Fender Jaguar año 65! —suelto salpicándole la cara con una mezcla de saliva y alcohol—. ¡Es una leyenda, es una guitarra mítica! Dicen que con ella compuso todo el *Nevermind* —lo tomo del antebrazo y lo jalo hacia mí—. ¿Regresó por ella?

Sin pensárselo, Django me arrebata la botella y me avienta hacia atrás de un empujón.

—Cálmate amigo, cálmate. No nos llevamos así —despacio pasa su manota encima de su camisa varias veces como para borrar las arrugas, luego vuelve a colocar la botella de brandy en su lugar. Saco mi cartera, tomo el dinero que hay dentro y lo meto en el puerquito destinado a las propinas que dejan poquísimos comensales. El tipo sonríe un poco para luego decir—. No, no regresó nunca y como no me imaginé que se fueran a convertir en una banda famosa, la empeñé al día siguiente; me acuerdo que con lo que me dieron compré unos pollos a las brasas que le llevé a mi mamá. Seguro esa guitarra debe valer hoy una lana. De haber sabido, ¡pendejo de mí!

Todo comienza a dar vueltas, por lo que me sostengo con ambas manos de la barra. Está hablando de la Jaguar 65, el santo grial de la música contemporánea, el pincel con el que Cobain trazó algunas de las piezas más emblemáticas del rockanrol, sin duda una de las guitarras más célebres en la historia de la música intercambiada por un puto pollo a las brasas.

Son las dos de la tarde y estoy echado en la cama, girando de un lado a otro, buscando alguna posición que ayude a calmar el dolor de cabeza. De vez en vez, me rasco compulsivamente las pelotas para luego llevarme la mano a la nariz. Un reflejo ancestral tatuado en lo más profundo del inconsciente; de la época en que los antepasados simiescos tenían que correr todo el día para escapar de salvajes depredadores. Luego estiro el brazo para tomar el control remoto y encender la televisión de sesenta pulgadas que me regalaron mis padres. Me pongo a cambiarle de canal en canal en búsqueda de algo que no sé lo que es, hasta que detengo la respiración al encontrarme con *Drugstore Cowboy*, la peli favorita de León. Tengo años de no verla; el VHS se fue junto con todas sus cosas y es una película indie que no es común que pasen por televisión. Siempre creí que me costaría trabajo volver a verla, pero en vez de hacerme pensar en León, pienso en Matt Dillon. ¿Qué habrá sido de su carrera? El tipo tenía futuro, parecía que se convertiría en una estrella, pero después de esa película se fue apagando poco a poco. Ahora debe estar sumergido en los sótanos de la industria hollywoodense, haciendo películas de serie B o participando como secundario en programas de mediano presupuesto. Es una pena.

De repente, suena la puerta tres veces: una vez, pausa, y luego dos veces a toda velocidad. Es la forma en que siempre toca Dalia, quien de inmediato abre la puerta, emperifollada como de costumbre.

—Vidita, tengo que salir unas horas —dice con poca convicción, violando como si nada mi privacidad—. Es el

Brit Milá del nieto de Raquel Béjar, así que te voy a dejar solo con tu abuela. Los Tórtolos ya le dieron de desayunar y le cambiaron el pañal antes de irse. Sólo te pido que le eches un ojito. No te preocupes por nada que ya no debe tardar Rosi.

Cuatro años atrás, un severo derrame cerebral convirtió a mi Bobe en un ente sin voluntad, apenas capaz de elaborar frases cortas y deglutir las asquerosas papillas y licuados proteicos que le administran con mucha paciencia los empleados de la casa.

Disfruto pasar tiempo con ella. Aunque ya no podemos tener las conversaciones de antes, me da paz estar a su lado; estoy convencido que no hay nadie en el mundo que me entienda mejor. Suelo sentarme en su cama para quejarme de mis padres, platicarle los problemas con la banda o enseñarle las canciones nuevas. No tengo problema con que su única reacción sea agitar frenéticamente la cabeza mientras sus ojos parecen luchar para no apuntar siempre hacia el cielo, gesto que siempre interpreto como de total aprobación.

Ruedo lento sobre las sábanas para quedar de costado y así darle la espalda a Dalia, quien mira con repulsión el enorme hoyo que tiene mi playera conmemorativa del tour del 2008 de los Misfits.

—Ay niño… ¡mira esa pijama! Te la voy a tirar, te prometo que te la voy a tirar —antes de salir de la habitación, agrega rápido, con la voz todavía más dulce—: por cierto… tampoco ha pasado el camión de la basura, si viene nada más saca las bolsas. ¡Te quiero chiquitín!

Me levanto despacio y de mal humor. Siento la boca pastosa y las piernas me duelen como si la noche anterior hubiera corrido un maratón de espaldas. Por culpa de los Tórtolos, que pidieron el fin de semana para ir a una fiesta en su pueblo, no sólo tengo que atender a la Bobe y sacar la basura, sino que además debo prepararme el desayuno.

Meto al horno eléctrico tres wafles de caja y me sirvo un vaso con leche deslactosada light, que es la que empezó a comprar Dalia cuando consideró que ya estaba pasada de peso. En lo que suena el *timer* que indica que el desayuno está listo, aprovecho para ir a buscar a la Bobe, quien está en su recámara viendo en la tele un asqueroso programa de revista.

—Ay Bobe… Por eso no mejoras. Esos programas son para idiotas, no te hacen bien. ¿Cómo estás?

—¡Eeegb! —responde.

—Te voy a sacar a orearte al jardín, ¿está bien? —empujo la silla de ruedas a través del pasillo que conduce hacia la sala y pasamos junto a la enorme vitrina que contiene la colección de pájaros del Don. Siempre que paso por ahí no puedo evitar detenerme un momento para ver al faisán azul. Me incomoda que tiene el pico muy abierto.

Se dice que cuando los hombres llegamos a la mediana edad pasamos por un proceso de transformación a través del cual hacemos lo posible por aferrarnos a la juventud. Hay quienes se compran un auto convertible, los que comienzan una relación con su secretaria veinte años menor y otros como el Don, que lo manejan de formas impredecibles. Meses después de su cumpleaños cincuenta adquirió un hobbie poco habitual: la colección de aves disecadas. Todo comenzó por un amigo suyo que traficaba con aves vivas que traía del sureste del país. En una ocasión le mostró un Diamante Mandarín, un animal pequeño y muy colorido originario de Asia pero que también se cría en alguna parte de Belice. El Don quedó cautivado por los colores y le pidió a su amigo que le consiguiera un ejemplar que pudiera poner en el jardín. El sujeto hizo dos intentos por traer el pájaro, pero en ambas ocasiones el ave murió durante el traslado. Finalmente, y para no faltar a su palabra, el pedazo de traficante tuvo la ocurrencia de llevarle un hermoso ejemplar disecado. A partir de entonces, el Don adquirió una enorme vitrina que comenzó a retacar con aves muertas.

Miro al faisán, hasta que a lo lejos escucho al horno eléctrico pegar tres campanadas, así que retomo el paso hasta llegar a la puerta que conduce al jardín japonés. "A la abuela le encanta todo lo que tiene que ver con Japón", nos dijo el Don cuando lo mandó construir, aunque sabíamos que era otro arranque suyo, como todo lo que sucede en esta casa. Al centro del jardín, hizo poner un pequeño estanque que llenó con carpas de color anaranjado que no lograron sobrevivir más de dos semanas al exceso de cloro que tiene el agua en la zona; también sembró unos árboles de cerezo y puso un caprichoso caminillo de piedras que, al igual que su juicio, no va a ninguna parte.

Saco con pericia a la Bobe a través de la rampa para acomodarla bajo el sol de medio día.

—Son las doce y diez. En veinte minutitos regreso por ti, ¿vale? —le doy un beso todavía con olor a alcohol y corro de regreso a la cocina.

Estoy a punto de darle el primer bocado a un wafle cuando escucho venir a lo lejos el camión de la basura, que siempre se distingue por llevar la música a todo volumen. De mala gana tomo las dos bolsas que contienen los restos del coctel que tuvo Dalia con las señoras de la Fundación y las arrastro al exterior.

Siempre me ha parecido un misterio el hecho de que los camiones de basura lleven la música a niveles que deberían ser ilegales; que musicalicen su trabajo con canciones rancheras que suenan potentes a través de bocinas que alguna vez habitaron la casa de un tipo que decidió que era hora de hacerse de un modelo más reciente. Seguro rescatadas de algún botadero, entre despojos de hospitales y pañales humeantes por tanta mierda. Tal vez es sólo eso, un intento inútil por volver menos denigrante el ganarse la vida levantando desechos ajenos. Lo que resulta premonitorio es que lo que musicaliza el momento, lleno de botellas vacías de chardonay y restos de bocadillos kosher, no son los éxitos de Vicente Fernández, sino *Lithium* de Nirvana.

I'm so happy 'cause today
I've found my friends...
They're in my head.

Abandono las bolsas a medio jardín y corro a buscar en el interior de mi saco la tarjeta que me entregó Django antes de salir del bar. No estoy seguro de tener claro el propósito, pero marco ansioso al Costa Negra. Como es de esperarse, a esta hora nadie atiende la llamada. Luego voy a mi habitación a buscar entre la colección de viniles el *Bleach*. Me cuesta encontrarlo porque a decir verdad es un álbum que no escucho seguido y se ha ido desplazando poco a poco hacia los confines del estante que almacena mi colección. Lo coloco en el tornamesa, enciendo el amplificador y me cuelgo la guitarra con la intención de seguir una a una cada canción. Me veo tocar en el espejo que está apoyado junto a la puerta del baño; fantaseo con que esas canciones son mías y que hablan de cosas íntimamente relacionadas con mi vida. Entre la pausa que hay entre "Swap Meet" y "Mr. Moustache" escucho lo que parece el aullido ahogado de un perro. Detengo la música para tratar de identificar el origen de ese sonido tan extraño; por fortuna no me toma mucho entender. Bajo corriendo treinta y cinco escalones en sólo tres zancadas, doblo a la derecha del pasillo pegándole un caderazo involuntario a la vitrina de las aves muertas haciendo caer algo que parece un canario y salgo corriendo al jardín.

—¡Auj-ooooo! ¡Auj-ooooo! —grita desesperada mi Bobe, quien ahora tiene la piel del mismo color que un jefe Sioux.

—¡Viejita de mi corazón! —suelto alarmado, haciendo girar la silla a toda velocidad para conducirla al fresco interior—. ¿Pero, qué te pasó? Debe de estar el sol muy fuerte el día de hoy —ella se retuerce en su silla entre orines y sudor.

Una vez en la cocina, empapo una jerga con agua del grifo y se la paso por brazos y cara. Luego le doy a beber pequeños tragos de leche directo del envase que saco del refrigerador. En alguna parte escuché que la leche es buena para las quemaduras de sol.

—¡Mira cómo quedaste por andar de paseadora! —observo con asco cómo un pequeño charco se forma debajo de la silla de ruedas. Aunque es grande mi amor, no lo es tanto como para limpiar ningún tipo de fluido—. ¿Dónde estará la cabrona de Rosi? —digo pegándole una pequeña patada a la estufa—. Ya debería haber llegado hace cuarenta minutos.

Sin saber qué otra cosa más hacer, me siento en la barra a comer wafles fríos.

—Discúlpame Bobe, es que tuve concierto ayer y ya ves que, cada que tengo concierto, al día siguiente se me va la onda. Fue un éxito total. Deben haber ido unas dos mil o seis mil personas, el lugar estaba a reventar. No quisimos tocar canciones del álbum pasado, fueron todas del que estamos próximos a grabar. Andamos en pláticas con un productor en Los Ángeles que está muy interesado en producirlo. Es un tipo que fue microfonista de Nine Inch Nails y que ahora anda produciendo a talentos nuevos. Si este cuate nos produce, ahora sí agárrate, mi carrera se va a ir al cielo Bobe. Te voy a llevar a Lollapalooza a verme tocar, pero con gorrita y bloqueador de sol, no quiero que te broncees otra vez —hago una pausa como para ponerle más miel a los wafles, pero en realidad la hago porque comienzo a gestar una idea, un proyecto de vida—. Después de tocar platiqué con un tipo que conoció a Kurt Cobain, el vocalista de Nirvana…

—en ese momento se escuchan unas llaves abrir la puerta de la casa. Me levanto de un brinco y camino a través del pasillo a toda velocidad para encontrarme con Rosi, sudorosa como siempre, vistiendo un uniforme blanco brillante y arrastrando un tanque de oxígeno de diez kilogramos.

—Rosa Bertha, ¿dónde estaba, carajo? ¿No se supone que tenía que haber llegado hace más de una hora? —la mujer se angustia ante el reclamo y contesta con voz apenas audible—: discúlpeme joven, pero le avisé a su mamá que iba a llegar un poco más tarde porque tuve que pasar al almacen a recargar el tanque.

—Pues por su culpa mi abuela se quedó más tiempo del debido en el jardín, así que voy a hablar con mi madre ahora que regrese, es urgente hacerla considerar un cambio de enfermera.

La mujer abandona el tanque en el pasillo y camina a pasos acelerados hacia la cocina, la sigo nervioso.

—¡Válgame dios madrecita mía, mire nada más cómo me la dejaron! —dice compungida, para luego hacerse cargo de la situación.

Un baño, un poco de suero intravenoso y crema corporal son suficientes para dejar a la viejita como nueva. La miro sonriente, casi con orgullo. El bronceado la hace ver más guapa que de costumbre.

La oficina del Don huele a cuero viejo y humedad; es un apéndice arquitectónico que mandó construir al fondo del jardín para que yo pudiera ensayar. Hoy me parece irreal que haya sucedido algo así, pero lo hizo en la época en que le resultaba esperanzador que el flemático de su hijo se interesara en algo. Poco después, al descubrir con terror que ese interés se estaba transformando en vocación, me dijo que necesitaba sacar de ahí mis porquerías porque iba a convertir el cuarto en oficina. En vez de tambores y guitarras eléctricas, a un lado de la puerta hay un gran librero repleto de viejas enciclopedias intercaladas con algunos libros de ornitología. Su escritorio se encuentra cubierto de revistas y papeles apilados en torres entre las cuales siempre es difícil hallar su cabeza cuando se sienta a trabajar. Casi todos los días se encierra en la oficina, aunque sea por un rato; él dice que tiene que resolver asuntos importantes, aunque es bien sabido que lo hace para esconderse de Dalia.

Por todas partes se acumulan objetos que recolectó sin darse cuenta en los últimos años, todos ellos entraron ahí con algún propósito y terminaron por convertirse en formas indistintas: aves disecadas que no cumplieron el filtro de calidad indispensable para formar parte de la colección, diplomas enmarcados y sin enmarcar, reconocimientos, fotografías, palos de golf, muestras de telas, regalos navideños de proveedores que permanecieron siempre dentro de sus envoltorios, y un sinfín de porquerías imposibles de clasificar. Aquí estoy esperándolo, con la espalda pegada contra la pared, observando a un triste tucán desplumado, cuando el Don entra en la habitación arrastrando como siempre la pierna izquierda y arrastrando con ella el recuerdo del accidente ocurrido años atrás.

—Quiubo niño. ¿Qué pasó con tu abuela? —suelta con voz profunda, sentándose despacio en su silla giratoria.

Desvío la mirada al piso y comienzo a acomodar los pelitos de un tapete persa con la punta del pie.

—No pasó nada. Que me pidió quedarse un rato más en el jardín, estaba muy contenta afuera, pero el sol estaba muy fuerte y se asoleó de más.

Se reclina para luego entrelazar los dedos de ambas manos a la altura de la panza.

—¡No me digas mano! ¿A poco le regresó el habla? Según Rosi se te olvidó meterla. Seguro te quedaste dormido, ¿verdad, huevón? Pero a ver, dime, ¡ilústrame! ¿Qué tal estuvo la peda de ayer? Se debe haber puesto muy chingona.

Inclino la cabeza y coloco mi dedo pulgar detrás de mis dientes superiores, una manía que desde niño me ayuda a mantener la calma.

—¡Sácate el dedo de la boca, cabrón, pareces retrasado!

Conforme elabora el sermón, el volúmen de su voz y la intensidad de sus gesticulaciones van *in crescendo*, pero por más que me esfuerzo no logro entender ni una palabra de lo que dice; es como si cada sílaba que sale de su boca se convirtiera en una nota musical que en conjunto con las otras produjera una melodía lenta y desafinada.

Extraño la época en que vivía en Boston, lejos de este abominable despacho. Tenía un pequeño departamentito en Bacon Hill que comencé compartiendo con Silverio, un chileno con cara de idiota que estudiaba producción musical en la misma escuela que yo. A los ocho meses de vivir con este tipo conocí a Lourdes, una linda y sexy compatriota que estaba haciendo la carrera en composición. Una vez llegado el momento, no tuve problema en avisarle a Silverio que debía largarse a otro lado porque mi nueva novia se mudaría pronto conmigo. Ante la noticia, su cara de idiota se potenció a un grado impensable.

El departamento se encontraba en una pequeña calle empedrada con edificios de ladrillo rojo y macetas que adornaban las ventanas de personas de clase alta, en su mayoría gente relacionada, de una forma u otra, con la cultura. Me gustaba mucho el barrio, lleno de bares, cafés y calles angostas, entre las cuales perderse era cosa bastante común. No sé si es porque a la distancia todo siempre es mejor, pero tengo la idea de que durante los años que estuve por allá respiraba con más soltura; y no me refiero a un aumento en la capacidad pulmonar por un asunto de calidad del aire, sino a esa misma sensación de libertad y alivio que debe experimentar un pez varado en la playa cuando alguien lo tira de vuelta al mar. No vivía en una casa de tres plantas, ni tenía personal doméstico a mi disposición. Ni soñar con tener auto propio o crédito ilimitado. De hecho, a partir de que Lulú se mudó conmigo, sobrevivimos apenas con lo indispensable. Ella no pagaba la mitad de la renta como hacía Silverio, bueno, en realidad no pagaba una madre, así que la nuestra fue una relación bastante austera: contadas salidas a conciertos y restaurantes, nada de viajes, ni de equipo nuevo y la ropa teníamos que comprarla en Walmart, donde además de nosotros sólo compraban ropa los negros. Los fines de semana los pasábamos viendo televisión, fumando mariguana hidropónica, comiendo pizza y echando el Baba Ganoush —según la versión oficial, el abuelo Ariel murió a los setenta y ocho años de un ataque cardiaco durante una comida con los viejitos del club, pero había otra versión mucho más interesante. León contaba que nuestro venerable abuelito había muerto a la mitad de un acto sexual en el departamento de una puta.

No estoy seguro de que eso haya sido cierto o no, lo que es un hecho es que cuando León hacía alguna insinuación al respecto, el Don se ponía rojo y refunfuñaba diciendo que ésas eran puras pendejadas, que el abuelo había muerto disfrutando de un delicioso Baba Ganoush, su platillo favorito. A partir de entonces, León y yo comenzamos a referirnos al sexo como Baba Ganoush: "Rebequita ha de estar echándose un Baba Ganoush con su novio", decíamos cada que veíamos el carro del novio estacionado afuera de la casa de la vecina.

En un inicio, invité a Lulú a vivir conmigo para tener siempre Baba Ganoush en casa y así no tener que salir a buscarlo en bares repletos de gringas alcoholizadas, mas no me tomó mucho enamorarme de ella y de su simpleza para ver la vida. Estuvo cerca de convencerme de ir juntos a Los Angeles al terminar la escuela; estaba convencida de que podíamos trabajar de meseros en lo que conseguíamos colocarnos en algún proyecto que tuviera que ver con la música; "ésa va a ser la única forma de empezar en las grandes ligas", insistía, y tal vez hubiera sido buena idea de no ser por mi padre, quien me obligó a regresar a México al terminar la escuela. La mayor ilusión del Don era que estudiara medicina, igual que León; pero cuando accedió a mandarme a Berklee se olvidó de eso y mejor se concentró en lo que era su siguiente plan para mí: "El negocio está creciendo y yo no te voy a vivir por siempre Tobías. Necesito que empieces a hacerte cargo. Ya tuviste tu chance de jugar al musiquito, ahora déjate de pendejadas y empieza a trabajar, ¡huevón!"

Al final de cuentas, para calmarlo un poco tuve que sacrificar a Lulú. Como ella no es paisana, él no veía con buenos ojos nuestra relación. Así es mi padre, una especie de Dios antiguo a quien es necesario satisfacer a base de ofrendas. A Lulú tuve que mentirle diciéndole que no tenía tiempo para ella, que me debía enfocar en la música al ciento por ciento. Durante los primeros meses me sentí una mierda de persona, la extrañaba muchísimo: su cara de hada, el pelo siempre teñido de colores artificiales, sus piernas flacas y hasta su olor a humedad; tenía la absurda creencia de que al poner a secar su ropa a la sombra se conservaría por más tiempo, pero lo único que lograba con eso era oler a trapo viejo. De cualquier forma, mi rompimiento con ella se convirtió en uno de los periodos más fructíferos dentro de mi carrera musical. No sé por qué, pero cuando en el alma nace ese característico sentimiento de angustia que provoca el desamor, surgen otras cualidades que nos hacen ver que todavía no es tiempo de morir; yo creo que es un mecanismo de autodefensa sin el cual nos iríamos todos derechito a la mierda. En unos seis meses compuse alrededor de veinte canciones, la mayoría de ellas instrumentales y otras tantas baladas en inglés que luego sirvieron como base para armar las primeras canciones de The Heartbeasts.

—A ver, por enésima vez… Ya es momento de que te dejes de tanta pendejada —se levanta de su asiento, hunde las manos en su pantalón y camina hacia la puerta. Sigo en silencio su recorrido y no puedo evitar sentir lástima. Siempre me ha parecido un misterio el hecho de que a pesar de tener tanto dinero vista como un pordiosero: pantalón abrillantado en rodillas y nalgas por el uso, camisa de manga corta que se ha adelgazado a través de los años y que hace que se transparenten sus pezones; zapatos de suela de goma, a los que les manda sustituir la goma cuando ésta ya no resiste y en ocasiones un suéter o un saco —literalmente un suéter o un saco, no tiene más—. Dalia dice que por eso tiene tanto dinero, porque salvo por sus pájaros y su jardín japonés, no le interesa gastar en cosas superfluas; pero claro, eso lo dice ella, una señora de Las Lomas a quien no le parece que un BMW del año sea superficial.

Se recarga en el marco de la puerta y me mira con unos ojos que reflejan un cansancio que parece provenir de tiempos ancestrales.

—El lunes te quiero en la oficina a las nueve. Quieras o no, vas a empezar a trabajar en ventas.

Sale dejándome solo; bueno, solo no. Me quedo acompañado por esa última frase, una sentencia que permanece rebotando en mi cabeza.

Por lo general, me iría a refugiar en mi guitarra e intentaría a través de ella desconectarme del mundo, pero en vez de eso voy al cuarto de la Bobe, a quien encuentro sobre la cama viendo la tele. Me quito las botas para recostarme a su lado, luego coloco el dedo pulgar detrás de mis dientes. Permanezco en silencio tratando de seguir la trama de la telenovela, pero no logro concentrarme. La charla con el Don me drenó toda la energía y no tardo mucho en quedar dormido. Sueño que estoy sentado con Kurt Cobain en la banca de un parque mientras él toca la guitarra Jaguar. A ambos nos resulta extraño estar ahí, sabemos que es un encuentro imposible. Arpegia sin quitarme la vista de encima; sus ojos son de un azul intenso, parecidos a los ojos con los que me veía el Don cuando era pequeño: amorosos y compasivos. El sol comienza a ocultarse por atrás de unas jacarandas, lo que provoca que su luz encienda las flores moradas y que dibuje sombras que juguetean sobre el pasto.

—¿Ya estás listo? —me pregunta en perfecto español y con una voz más rasposa de lo que hubiera esperado.

—¿Listo para qué?

—Tú sabes para qué —de repente, se revienta la sexta cuerda de su guitarra, al tiempo que se escucha retumbar un trueno. Volteo hacia arriba para ver cómo unas nubes se comienzan a agrupar cubriéndolo todo—. No te vayas todavía, no tarda en llegar tu hermano León —como si se tratara de una pelota incandescente, en ese momento el sol cae por detrás del horizonte, lo que cambia la luz y la temperatura. Comienzo a temblar, más de miedo que de frío. En la oscuridad las facciones de Kurt se endurecen haciéndolo parecer mucho más viejo y demacrado. No estoy seguro de si estoy presenciando un proceso de años o de segundos, pero se consume igual que como se consumiría una hoja de papel devorada por el fuego. Justo antes de desaparecer escucho que alcanza a gritar "te espero". Luego me acuerdo lo que dijo de mi hermano León y comienzo a sentir terror, porque con el recuerdo también llega su presencia, la siento cada vez más cerca y más amenazante. Me despierto agitado. ¿Qué significa el "te espero"? ¿Será que estoy próximo a morir? ¿Me estaba sugiriendo darme un escopetazo en la cabeza? No estoy listo, todavía no soy Kurt Cobain, aún me falta hacer algo en la vida por lo que sea recordado. Miro a la Bobe y pienso que es una sobreviviente de mil batallas, sus cicatrices cerebrales así lo demuestran. Le tapo los pies desnudos con una cobija, le doy un beso en la mejilla y salgo de la habitación.

El patito feo

Yngwie Malmsteen caminaba a toda prisa por la calle Kungs-gatan, en dirección a un bar donde se encontraría con los compañeros de su banda, cuando en el aparador de una tienda de música vio la Fender Stratocaster más fea del mundo. Tenía el mismo color de los patitos que chapotean en el lago Mälar a mediados de primavera y a los que le gustaba aventarles pedazos de galleta en los tiernos días en que iba con su padrastro a pescar; de ahí que se enamoró de ella y la bautizó con el nombre más obvio y estúpido que pudo: *The Duck*.

Como todos sus amigos se burlaban de su guitarra, nada acorde con la que portaría un incipiente y respetado músico de heavy metal, un buen día decidió experimentar con ella para convertirla en la envidia de todos. Inspirado en un laúd del s. XVII, raspó la madera que había entre sus trastes para hacerlos cóncavos y así obligarse a digitar más fuerte las cuerdas y facilitar el recorrido de su mano a lo largo y ancho del brazo.

—Al fin te volviste loco Yngwie, —dijo entre risas el bajista de su banda—, ahora es mucho más fea que antes.

Haciendo como si no hubiera escuchado el comentario, conectó a *The Duck* al amplificador de bulbos y comenzó a tocar *Voodoo Child* con el *tempo* más acelerado de lo que la tocaba Hendrix, también con mucha mayor distorsión. Su compañero de banda abrió la boca grande y puso en marcha los dedos para acompañarlo.

—¿No crees que son las feas las que mejor se mueven? —soltó Yngwie con orgullo, con voz fuerte para sobreponerse a la música.

Voy camino a reunirme con Harris y con Imbécil en el Dunkin Donuts de la estación del metro Pino Suárez. Harris cubrirá el turno del fin de semana y si no lo veo esta noche, tendré que esperar hasta el próximo ensayo para arreglar la situación de los Heartbeasts.

Doy varias vueltas por el Centro hasta que por fin encuentro un estacionamiento público en la calle 20 de Noviembre. Luego de varios intentos y de un pequeño golpe en el espejo lateral, logro calzar mi auto en un cajón que parece fue ideado para liliputienses; me lamento de que los domingos sean los días de descanso del señor Joaquín, el chofer de la familia. Saco mi cartera del bosillo trasero del pantalón para colocarla en el de enfrente; paranoia que adquirí después de ser víctima de un carterista en Times Square. Bajo por las escaleras eléctricas y recorro túneles repletos de gente. Todos llevan prisa, parecen transitar con algún propósito, aunque puedo apostar que son propósitos mundanos, carentes de sentido. Creo ser el único en el planeta que va en camino a resolver un asunto trascendental.

Afuera del puesto de donas ya esperan Harris e Imbécil. El primero lleva puesto un mandil y una ridícula gorrita con la que intenta ocultar su larga cabellera; Imbécil, una playera de Slayer y una chamarra de plástico negro que pretende ser de piel.

—Quiubo. Disculpen el retraso, pero fue un pedote llegar, el tráfico estaba infernal —ambos me miran con mala cara, no es común eso de convocar a junta extraordinaria y mucho menos un día después de tocar, así que para no perder más tiempo me arranco contra Imbécil—. ¡No podemos tener otra tocada como la de ayer cabrón! Quién te crees... ¿Sid Vicious? No eres tan carismático, me cae, te juro que no. Nos fue del carajo por culpa de tus putas drogas.

Contrario a lo que hubiera esperado, se pone a la defensiva: endereza su cuerpo siempre encorvado y levanta un poco el mentón.

—¿Cuál es tu pedo, mi chingón? Se me pasaron las chelas nomás y si a la banda le va mal es por la culpa de los tres. Este güey siempre falta a los ensayos y tú, con tus aires de disque rockstar, pos vales pa pura verga —Harris se enciende al instante y le propina un empujón.

Me inicié en la música cuando un compañero de secundaria al que le habían regalado una batería de cumpleaños se enteró que me sabía la guitarra de *Stairway to Heaven* y me invitó a tocar con él. Al principio éramos dos chimpancés tratando de ponerse de acuerdo para sacar un plátano del interior de un barril, pero poco a poco nos fuimos acoplando. Conseguimos a un bajista que iba un año arriba de nosotros, montamos algunos covers y empezamos a tocar en fiestas de cumpleaños. Aunque nuestra pasión era mucho mayor a nuestro talento, fue suficiente para que en tan sólo unos meses nos convirtiéramos en una banda de verdad.

Casi sin darme cuenta hice de la música una vía de escape, un camino a través del cual ya no era requisito anotar goles, contar los mejores chistes o ser popular con las mujeres. No, la música era el único vehículo en el cual yo podía ir al volante decidiendo el camino. Me volví un outsider, el güey raro de la escuela y me fui apartando de la gente ordinaria; pero no porque me hayan hecho a un lado, sino porque yo tomé la desición de iniciarme en una religión secreta, una con un Dios poderosísimo y a la que muy pocos podían pertenecer.

Tardé años en darme cuenta de que los tipos del Albatros sólo veían en la música un pasatiempo con el que les resultaba fácil conseguir mujeres. Compraban instrumentos caros, tomaban clases con maestros particulares y hasta organizaban fiestas en sus casotas en Tecamachalco, donde tenían la oportunidad de demostrarle al mundo que además de apuestos y adinerados también eran capaces de tocar *Hotel California* medianamente bien. Para todos ellos, la música terminó por convertirse en un romance pasajero.

Por fortuna, en Berklee entendí la música de otra manera. Tenía un maestro que se llamaba Jim, un sesentón de pelo largo y cano que presumía haber sido el *lead guitar* en la banda de James Taylor mientras el auténtico *lead guitar* se recuperaba de un accidente de moto en el que el pobre infeliz se lastimó la mano. Siempre nos decía: "Tienen tres responsabilidades en la vida: tomarse muy en serio lo que están haciendo, partirse la madre con tal de alcanzar ese objetivo y tener claro que siempre se debe terminar aquello que uno empieza". Un día se me ocurrió preguntarle si su objetivo había sido terminar dando clases y me corrió del grupo. Pero bueno, más allá de que Jim no tenía buen sentido del humor, seguí su consejo, estaba seguro de que al hacerlo cimentaba el sueño de convertirme en una leyenda de la música. Por lo tanto, regresé a México decidido a asociarme con músicos profesionales, con talento de verdad y que compartieran el mismo sueño que yo. Lo primero que hice fue poner un anuncio en *El Universal*, gracias al cual aparecieron más de treinta tipos afuera de mi casa listos para audicionar. Los había jóvenes, los había viejos, estaban los que eran expertos y los que nunca habían visto un instrumento eléctrico; unos eran cumbiancheros, otros, metaleros; los había norteños y hasta skatos. Mis padres no estuvieron de acuerdo con el proceso de reclutamiento, sobre todo cuando se perdió uno de los pájaros más valiosos de la colección.

Después de un proceso largo y ruidoso me decidí por un jirafón llamado Enrique Rivas, se hacía llamar Quique. Era de familia de hueseros, tocaba en bodas con sus hermanos desde los trece años y a los diecisiete grabó su primer disco con una banda de salsa. Me gustó su carácter amable y su técnica para tocar los tambores. Aunque era autodidacta, poseía una destreza brutal. Sólo había algo de él que me incomodaba, así que al poco tiempo de empezar a tocar juntos le dije:

—¿Sabes qué? Quique es nombre de paletero, mejor te voy a decir Harris, que es lo mismo que Quique, pero en inglés. Ése sí es nombre de rockstar.

Conseguir a Imbécil fue más complicado. Tuve que visitar el Chopo todos los sábados, durante cinco semanas, a mezclarme con la más variopinta fauna de personajes inmersos en la escena del rock nacional para así dar con un buen bajero. Me recomendaron a muchos, algunos de los cuales fui a ver tocar en vivo a los peores antros de la ciudad, mas no vi en ninguno el brillo que buscaba. Casi a punto de darme por vencido, alguien me presentó a Imbécil. El tipo llevaba toda su vida tocando en grupos de punk y de rock urbano y tenía poco de haberse quedado sin banda; el día que llegó a audicionar lo hizo con un Rickenbacker, muy parecido al de Sir Paul. "Tiene que ser un conocedor", pensé, por lo que antes de verlo tocar, ya se había ganado buena parte de mi admiración.

—¡Además, tú qué, pinche Tobías! ¿Por qué me avientas a mí el pedo, cabrón? Primero aprende a tocar o a componer güey. Muchos años en la escuela esa gabacha, ¿no? ¡Pues te sirvieron pa pura verga! Por eso nos va como nos va, tu pinche música fresita suena peor que una caca humeante y bien mosqueada. ¡Suputamadre, güey! El problema no es que yo salga puesto al escenario, no me chinguen. Lo que es más…

¿Saben qué? Ya me cansaron. Mejor me largo, par de pendejos, quédense con su grupito de niñas —Imbécil emprende
el paso hacia el andén, pero a los pocos pasos se detiene,
gira hacia nosotros y levanta despacio su dedo medio—.
¡Los Jer-bist, Los jer-bist! ¿Qué es eso? ¡Qué mamada de
nombre es esa, me cae! ¡Métanse a sus Jer-bist por la cola!
¡Suputamadre!

Cinco personas ya hacen fila afuera del Dunkin Donuts
y miran con muy mala cara a Harris, a quien lo delata el uniforme de empleado.

—¡No, pos ora sí ya valió madres! —dice con disimulo, para que sus clientes no lo escuchen hablar de otra cosa
que no sean donas—. Luego seguimos platicando, tengo que
regresar a chambiar.

Vuelve a su puesto dejándome mudo, petrificado; nunca hubiera imaginado que el proyecto de mi vida se fuera
a desbaratar en la estación del metro Pino Suárez. Una señora empapada en sudor arrima sus tetas o su panza a mi espalda y pregunta con voz chillona:

—¿Estás formado manito? —enojado, me hago a un
lado para abandonar la fila que se formó detrás de mí.

Siento asco, me deprime estar en una situación tan jodida. Pienso en lo lejos que estoy de convertirme en un músico
respetado, de dormir en el Four Seasons o de dar un concierto en el Madison Square Garden; no soy Kurt Cobain
y es probable que no lo sea nunca. "Te espero" —me dijo
en el sueño—. Tal vez me espera en el más allá y éste es un
buen momento para aventarme a las ruedas del metro que va
en dirección a Observatorio. Un sentimiento de oscuridad
comienza a surgir en mi alma, pero antes de permitir que se
arraigue, que me chupe como una garrapata, corro hacia la
salida para escapar de él.

Ya en la calle respiro con mayor soltura, cae una lluvia finita que en vez de molestar me anima un poco. Hundo

las manos en los bolsillos de los jeans y camino melancólico hacia la calle 20 de noviembre.

No he cruzado la primera cuadra cuando entra una llamada al celular. Es Lulú.

—¿Hola?

—Hola, ¿cómo te fue? —intento disimular, pero un suspiro me delata—. ¿Tan mal estuvo, güey?

—Pues tenías razón. Se enojó y renunció. Se acabaron los Heartbeasts.

—Te dije que necesitabas un sustituto. ¿Qué va a pasar ahora? —me detengo en seco, como si una respuesta fuera requisito para avanzar. Luego, dejo escapar una pequeña risotada al descubrir que casualmente me detuve afuera de una tienda cerrada donde se venden instrumentos musicales—. ¿De qué te ríes? —pregunta.

—De nada, de nada —hay una reja al frente de la vitrina donde se exhiben los instrumentos, mi mirada pasa a través de ella y comienza a recorrer las formas que aún en la oscuridad me resultan maravillosas.

—Y entonces… dime, ¿qué vas a hacer?

Luego de un breve paseo visual mis ojos se posan en una guitarra Telecaster de color rojo sangre o de ese color parece con la poca luz que entra de la calle. Una frase escapa de mi boca:

—Voy a buscar una guitarra.

—¿Otra? ¿Para qué quieres otra guitarra, Tobías? Mejor piensa qué vas a hacer con tu carrera.

El corazón se me hincha de felicidad, creo que al fin encontré el propósito de mi vida.

Es lunes, son las nueve veintiocho de la mañana. Llevo un rato en la pequeña recepción de Gabardinas y Textiles Goldstein y como cualquier hijo de vecino espero mi turno para ser atendido. A mi lado se sienta un mensajero vestido con uno de esos trajes hechos para mitigar caídas en moto. Despide un fuerte olor a sudor mezclado con humo de escape. De hecho, una chica que también espera saca un Kleenex del interior de su bolso y sin ninguna discreción se lo lleva a la nariz. Me levanto del asiento para evitar el tufo y aprovecho para intimidar a la recepcionista.

—¿Sabes qué? No puedo seguir esperando. Déjame pasar. Prefiero esperar dentro —ella sabe quién soy, al llegar me aseguré de repetir varias veces mi nombre y apellido.

—Lo siento muchísimo joven Tobías, me apena tenerlo aquí —se muerde un poco el labio inferior y finge estar a punto de tomar una llamada—, pero tiene que esperar a que vengan por usted, si no, me pueden regañar.

Saco mi teléfono celular para mandarle otro mensaje al Don. Nada. Diez y media. Al fin se abre la puerta que conduce hacia las oficinas y de ella sale un tipo como de mi edad, vestido con traje y corbata. Su cara y cuerpo me recuerdan a los de una garza.

—¿Tobías?

—Soy yo —respondo levantándome de un brinco.

—Acompáñame por favor —camino detrás de él tratando de seguirle el paso. Recorremos todo el piso cinco del edificio Rosedal, en la colonia Anzures. El cara de garza da vueltas a través de cubículos, salas de juntas y oficinas; parece más un *tour*, que una ruta que nos conducirá a alguna parte. Seguro es un *tour* muy parecido al que le daría un agente inmobiliario a una pareja que busca cimentar su futuro al comprarse una casa, pero a mí no me interesa comprar una mierda. Después de un rato de caminar, el cara de garza abre la puerta de un privado y me invita a entrar—. ¿Te ofrezco algo?, ¿un cafecito?

—No, no. ¿Sabes dónde está mi papá? No logro comunicarme con él.

—Creo que está en su oficina. Pero no te preocupes, en un momentito estoy de regreso contigo —el tipo se va cerrando la puerta tras de sí.

Me quedo solo, viendo las fotos pegadas en un corcho que está contra la pared. En todas, el cara de garza posa acompañado de una mujer, en algunas otras, de un perro labrador. Es sencillo detectar en ellas una misma sonrisa falsa, ensayada una y otra vez hasta alcanzar la perfección. Más que una colección fotográfica, es la puesta en escena de una mala comedia llamada felicidad. Siento un escalofrío recorrer mi espalda y recuerdo por qué dejé pasar tantos años antes de volver a estas mugrosas oficinas. Es admirable pensar que el abuelo echó andar la empresa con sólo dos empleados y hoy hay más de ciento veinte caras de garza que se rompen el culo de nueve a siete para recibir un sueldo que les permita seguir con sus insignificantes vidas.

Regresa el cara de garza con una taza en la mano, se sienta detrás de su pequeño escritorio, da un sorbo a su café y dice con suficiencia:

—Discúlpame Toby, ¿te puedo decir Toby, verdad? Ni siquiera me presenté. Soy Juan Carlos Peláez, ejecutivo de ventas *senior* y mano derecha de tu padre. Me pidió que hablara contigo; que te contara cómo ha sido mi experiencia en Gabardinas y Textiles Goldstein. Es decir, cómo fue que entré, cómo es que he crecido tan rápido, en fin, quiere que te comiences a familiarizar con la compañía… Ah, bueno, y por supuesto tengo que platicarte todo lo que hacemos en el departamento de ventas —el tipo habla muy rápido, apenas hace pausas para respirar—. Empecé estudiando economía en la UVM y me titulé con mención honorífica gracias a mi tesis. Fíjate que hice un proyecto de creación de una cooperativa de ahorro y crédito diseñada para startups en América Latina… —sin más, me levanto despacio del asiento, le regalo una sonrisa cáustica y salgo de la oficina para ir en dirección a la del Don. La vida es muy corta como para desperdiciarla con un subnormal.

Cruzo la puerta que separa la sección donde se concentran los esclavos de Dirección General y paso de largo a una secretaria que intenta interceptarme. Decidido, empujo la puerta de formaica de la oficina para encontrar que el Don está tirado en un sillón leyendo una revista. Me mira con unos ojos que siento me atraviesan, como si fueran cuchillos que se han achatado con años de uso.

—¿Qué haces aquí? ¿Quién te dio permiso de entrar así a mi oficina? —se incorpora un poco, avienta la revista con fuerza encima de la mesa de centro y procede a inspeccionarme a detalle. Aprieto todas mis entrañas para intentar mantener el aplomo, pero la voz temblorosa me delata.

—Nadie me dio permiso. Te estoy buscando desde hace rato para hablar.

—Primero dime… ¿Qué pinches fachas son ésas? Esto no es una fiesta. No vienes a una de tus tocadas, cabroncito, vienes a trabajar —titubeo un poco, tal vez por los nervios olvidé vestirme en la mañana y he andado todo el día en pelotas. Me sube la sangre a la cara y se me aflojan las rodillas. Me reviso de arriba a abajo: jeans entubados, botas Dr. Martens, playera blanca y el saco de Saylor Ripley. Lo de siempre. Doy dos pasos atrás y me recargo contra la pared.

—Justo de eso quiero hablar. No pienso trabajar aquí.

Se levanta del sillón para renguear hacia su escritorio, se recarga en él. Luego, toma un portarretratos que descansa encima con una foto donde aparecemos León y yo de niños. Cuando ve la foto, balancea la cabeza de forma sutil, es un gesto apenas perceptible. Deja escapar un gran suspiro y regresa la foto con cuidado al escritorio.

—¿De qué carajo estás hablando Tobías?

—Que no voy a renunciar a mi sueño por trabajar contigo.

—¿Sueño? ¿Cuál sueño, cabrón? Estoy hasta la madre de tus pendejadas, ya no tienes quince años, ¡tienes veintiséis! Llevas más de diez años persiguiendo tu mentado sueño. ¿No crees que ya es hora de tomarte la vida en serio? ¡Me vas a matar, cabrón! Ojalá tu hermano estuviera aquí para darte unos chingadazos y para ayudarnos a tu madre y a mí. ¿En qué momento se me ocurrió darte por tu lado con esa pendejada de la música? ¿Pero sabes qué? Ésta era tu última oportunidad. ¿Te quieres ir a perseguir tu sueño? —cuando dice "sueño" entrecomilla con los dedos—, pues lárgate de una vez… ¡Lárgate! ¡Pero eso sí! Olvídate de tu mesada, olvídate de tu tarjeta de crédito, de tu coche del año, olvídate de tener un hotel cinco estrellas al que nada más llegas a dormir y a tragar. Se acabó el patrocinio… No pienso seguir manteniendo a un huevón, no estoy dispuesto a tolerarte un segundo más. Lárgate de una vez, eres una sanguijuela, no te quiero volver a ver.

Me sostengo como puedo contra la pared, mis piernas se convierten en gelatina y tengo que hacer un esfuerzo sobrehumano para no meterme el dedo detrás de los dientes. Lo más importante es lucir fuerte, entero, no puedo darle el gusto de ver cómo me derrumbo ante sus amenazas. Porque son sólo eso, promesas vacías, una llamarada de cólera que se extinguirá poco a poco con el paso de los días. Así ha sido siempre.

Llego a la casa por la tarde para encontrar a un señor gordito hincado en la puerta principal, está como forzando la manija con un desarmador. Dudo que sea un ladrón, porque es más fácil introducir una bomba en el Pentágono que meterse sin identificación en el fraccionamiento Residencial Bosque Imperial. Sea como sea, prefiero sobrerreaccionar:

—Hey, tú, ¿qué te pasa, qué coño estás haciendo? —sin voltearme a ver, concentrado en lo suyo, responde alegre—: buenas, joven, aquí nomás cambiando la combinación de la chapa, qué, ¿no se nota?

Lo paso de lado para descubrir que en el recibidor me espera una auténtica patada en el culo: dos maletas rebosantes de ropa junto con varias cajas de cartón que contienen algunas de mis pertenencias. Concha Tórtola viene bajando por las escaleras llevando otra maleta pequeña, la sigue Jonás Tórtolo, quien trae cargando a *Woodstock*. Me pongo blanco y dejo caer la quijada al suelo.

—¡Qué están haciendo?

Concha Tórtola se espanta al verme, agacha la cabeza, puedo notar que se sonroja un poco; en cambio, Jonás trata de mostrarse impasible, pero un brillo en sus ojos revela su verdadero sentir. Pone la guitarra encima de una de las cajas y dice cínico:

—El señor avisó que te ibas hoy y nos pidió que te echáramos la mano para empacar.

Los Tórtolos son una pareja de inmamables michoacanos que trabajan para nosotros desde hace varios años. Él debe estar alrededor de los sesenta años, ella debe ser como seis siglos mayor. Dalia los bautizó como *Tórtolos* porque son muy unidos, no se separan a menos que sea indispensable. Jonás se encarga del jardín, de lavar los coches y del mantenimiento general de la casa; Concha, del aseo y a veces apoya a Rosa Bertha con mi Bobe. Hace un par de años me gané la enemistad de ambos, sobre todo de Jonás. Concha estaba limpiando mi recámara cuando en un descuido tiró al piso una guitarra Fender dejándola desoctavada de por vida. Armé un escándalo tal que casi convenzo a mis padres de despedirlos, pero al final acordamos que el costo de la guitarra se les iría descontando de su sueldo mes con mes. Yo no quedé muy conforme con el arreglo, sigo convencido de que merecían irse a la calle; pero la vida es jodidamente irónica, ahora el que se va soy yo.

—¿Dónde está mi mamá? —pregunto tratando de controlar la voz quebrada.

—Dijo que iba a un desayuno con sus amigas de la Fundación, pero me pidió encarecidamente que te diga que te ama —dice compungida Concha Tórtola buscando la mano de Jonás. Se sujetan fuerte y se quedan ahí parados, observándome en silencio y sin saber qué más hacer.

—¡Bobe, Bobe! —grito recorriendo con desesperación toda la casa. La encuentro tomando el fresco en el balcón de su recámara. Le doy un ligero abrazo, me pongo en cuclillas para tomarla de las manos. Me gustaría pensar que sus ojos hacen el intento de encontrarse con los míos, pero sé que no es así. Puedo apostar que su mirada y su alma volvieron hace mucho a la época en que era niña; tal vez está ahora corriendo con sus amigos por un campo cubierto por hierba de un verde muy intenso, uno de esos lugares idílicos que sólo existen en el inconsciente. O eso haría yo en su lugar.

¿Por qué coños quisiera estar acompañado por el perdedor de mi nieto y ser un anciano decrépito al que el cuerpo ya no le responde?

Le doy un beso en las manos tapizadas de manchas y recargo la frente en sus rodillas.

—Nos vemos pronto viejita, te prometo que te voy a venir a ver muy seguido —sin decir nada más, salgo decidido a conseguir un taxi.

Después de que el Don desterró a la banda de la casa, el cuarto de ensayos lo trasladamos a un lugar que rentábamos en el segundo piso de una vecindad en el centro. Por una renta ridícula teníamos dos cuartos para nosotros solos y un baño que compartíamos con los departamentos cuatro y seis. El cuarto que se encontraba al entrar lo acondicionamos como recepción, con un par de sillones viejos y un pequeño frigobar donde guardábamos botellas de alcohol y cerveza; el cuarto del fondo era donde ensayábamos. Bloqueamos las ventanas con hule espuma y recubrimos las paredes con material aislante para incomodar lo menos posible a las familias que vivían alrededor, aunque nunca encontramos la forma de aislarlos del ruido de las fiestas que se daban hasta altas horas de la madrugada.

Pongo mis cosas en el suelo, enciendo las luces y me siento encima del amplificador de Imbécil para tratar de idear un plan de acción, mas no me toma mucho perderme en la atmósfera del lugar. Un pequeño espacio repleto de amplificadores, bocinas, instrumentos y cables regados sobre el piso. Todo acomodado alrededor de una enorme batería que apenas deja espacio para caminar. A pesar de haber tantas cosas, ahora que no suena la música el cuarto se siente vacío, casi desolado, lo que me provoca un sentimiento de nostalgia. Rápido, enciendo el amplificador y al instante comienza a sonar un ruido muy profundo, como de estática, una frecuencia que más que escucharse, se siente en el alma. De tener sonido, estoy seguro de que ése debe ser el sonido de la felicidad; en ese momento todos los objetos parecen adquirir vida propia, respiran suave, como si hicieran el esfuerzo por pasar inadvertidos. Inhalo hondo y dejo que el olor a cigarro, polvo y humedad llene mis pulmones. Luego voy por mi guitarra que está sobre un atril, paso la correa detrás de mi cabeza y enciendo otro amplificador. Una vez que los bulbos se pintan de color naranja, presiono con el pie el pedal de mi Turbo Distortion y comienzo a tocar los acordes de *About a Girl*. Todo comienza a retumbar, las puertas, los cristales del cuarto contiguo, los tambores, las botellas que están dentro del frigobar. Toco por largo rato, no sé cuánto, me detengo hasta que duelen los dedos. Creo que es momento de instalarme.

Conecto mi teléfono a un amplificador y hago sonar un playlist: necesito algo bastante animado, si es que no quiero irme directo al abismo, así que pongo el *In Utero*. Luego saco toda mi ropa del interior de las maletas y la acomodo con cuidado encima de uno de los sillones que están a la entrada. Lo mismo hago con los discos. "*Home sweet home*", suelto en voz alta una vez que termino de acomodarlo todo.

El siguiente paso es buscar entre las revistas una que hable de Nirvana, estoy seguro de haber visto a Kurt en una de las portadas. La encuentro. Es una vieja *Spin* en la que aparece Kurt viendo a cámara. Arranco la portada y la pego en la pared, justo arriba del sillón que va a hacer las veces de cama. Necesito tener mi objetivo claro y prefiero que esa claridad sea algo palpable, un objetivo del que me despida antes de dormir y que sea lo primero al abrir los ojos. Son cerca de las nueve de la noche, tengo mucha hambre, no he comido nada en todo el día. Reviso mi cartera y encuentro que sólo tengo mil pesos. Más que suficiente para ir al mugroso Vips de la calle Madero a darme un atracón.

Pido un espagueti con crema, acompañado de papas fritas y algunas cervezas. Me recompone comer; conforme paso cada bocado, regresa a mí ese mismo sentimiento de libertad que disfrutaba durante mis días en Berklee. Mi corazón lo sabe, el estómago también: no hay nada ni nadie que me impida llegar a la guitarra Jaguar.

He escuchado leyendas que aseguran que esa guitarra es mágica, que Kurt nunca le pasó un trapo encima porque creía que de hacerlo le podía quitar sus poderes y su increíble sonido. Debió tener una gruesa capa de mugre, alcohol, sudor, saliva y hasta sangre encima, porque Kurt era de esos músicos que componen hasta que se les revientan las ampollas de los dedos. En fin, si recupero esa mítica guitarra seré capaz de crear una música inimaginable capaz de sacudir el corazón de millones de personas. No puede ser de otra manera. Antes de convertirse en Kurt Cobain, el tipo era un vil conserje en una escuela secundaria. Barría los pasillos y pasaba los días lavando excusados repletos de sangre menstrual, esperma y vómito de chicas bulímicas. Lo único que se esperaba de él era mantener la escuela reluciente, sin embargo, gracias a la Jaguar terminó por convertirse en una de las figuras más importantes de la música.

Trescientos sesenta pesos de cuenta más quince de propina. Eso me deja con poco más de seiscientos en la cartera, no está mal. Pero aun así voy al cajero automático para retirar algo de efectivo, siempre me ha hecho sentir incómodo el saberme limitado. Introduzco la tarjeta con un mal presentimiento y se me congela la sangre al confirmar las sospechas: "NIP INCORRECTO. FAVOR DE ACUDIR A SU SUCURSAL MÁS CERCANA". Por más que intento cancelar la operación y recuperar el plástico, ya es demasiado tarde, la maquina se devora mi tarjeta Platinum International. No sé por qué me sorprendo, era cuestión de tiempo para que el Don cancelara la cuenta; por desgracia nunca esperé que sucediera tan pronto.

Ahora no tengo idea de qué voy a hacer para sobrevivir, será necesario conseguir un préstamo o ya en caso extremo vender mi equipo o los viniles, mis únicas posesiones de valor. No puedo perder un segundo más, mientras más rápido encuentre la guitarra Jaguar, más rápido todo se volverá a alinear.

Me enfilo en dirección al Costa Negra, necesito investigar algunos detalles de la casa de empeño. Caminar me ayuda a reanimar el espíritu, más aún caminar por las calles del Centro en la noche; siempre me ha resultado asombroso pensar que horas atrás todas se encontraban repletas de vida: oficinistas, comerciantes, turistas, coches que se apilan uno trás otro urgidos por llegar a alguna parte. Toda la energía e intensidad que se acumula a lo largo de la jornada se libera en la noche, cuando los negocios están cerrados y las calles desiertas. Es como la sensación que permanece en la boca después de pegarle un trago a una botella de alcohol.

Hay mucha gente intentando entrar al Costa Negra. Es algo raro, sobre todo en lunes. Un tipo moreno, con una mandíbula angulosa como caja de zapatos, me informa en mal tono que se está llevando a cabo un evento privado y que para entrar es indispensable tener invitación. Amable, le digo que yo no necesito invitación, soy el guitarrista y frontman de los Heartbeasts y que apenas toqué ahí hace unos días. El sujeto parece no impresionarse con mis credenciales, me mira con desprecio y me dice que regrese mañana. No puedo esperar hasta mañana; no podría dormir, no podría vivir si dejo pasar un segundo sin acercarme tan siquiera un poco a la guitarra Jaguar. Saco el billete de quinientos pesos, lo escupo sin que el tipo me vea y lo doblo con cuidado, dejando una flemita oculta en el medio. Luego se lo entrego con discreción.

—Treinta minutos, no más —el tipo toma el dinero como si me estuviera haciendo un favor y se lo guarda rápido en la bolsa de los jeans. Luego, haciendo las veces del guardia de una corte real, me hace una seña magnánima con la cabeza que indica que se me ha concedido el paso.

Camino directo a la barra para encontrar que atiende un tipo que parece no tener edad para beber, mucho menos para servir tragos.

—¿Sabes dónde está el jefe de la barra? —pregunto con autoridad.

—Yo soy el jefe. ¿Qué te sirvo? —responde mientras le prepara un martini a un fanfarrón tomador de martinis.

—Estoy buscando a un barman que me atendió el otro día, uno con bigote delgadito —digo dibujando con el dedo un bigote imaginario encima de mi boca.

—Ah, ¡Carlos! No es jefe de nada. Lo mandé a traer hielo, no creo que tarde mucho —tomo asiento en el mismo taburete donde me senté la vez pasada y espero impaciente. Luego de un rato lo veo venir hacia la barra cargando cuatro bolsas de hielo Fiesta sobre los hombros.

—¿Carlos? —pregunto inseguro. La verdad es que no se parece mucho al Django que tengo en la cabeza, éste es bastante más feo.

—Sí, ¿qué quieres tomar? —me planto cerca de él, lo más que puedo.

—Nada, nada. ¿Te acuerdas de mí? Nos conocimos hace unos días.

Alza una ceja y me inspecciona de arriba abajo, luego suelta parco:

—La neta, no.

—Soy de los Heartbeasts —ahora parece todavía más confundido, por lo que me apuro a precisar—: los güeyes que bajaron a hielazos.

—¡Ah, ya, ya! Quiubo güero, qué hay, ¿cómo andas?

—Bien, muchas gracias. Oye, quiero preguntarte algunas cosas de la guitarra de Kurt Cobain —suelta una carcajada y luego me observa con gesto de ternura. Se seca las manotas con un trapo, las posa sobre la barra y dice—: a ver, ¿qué necesitas saber?

—¿De casualidad te acuerdas cómo se llama la casa de empeño adonde llevaste la guitarra? —pregunto casi en tono de súplica.

—Por supuesto. Casa de Empeño Culiacán. Me acuerdo porque había un chingo de casas de empeño sobre avenida Revolución y me metí en ésa porque yo soy de por allá, soy culichi. Además, era cliente frecuente, iba seguido a empeñar las porquerías que dejaban los borrachos del bar.

"Casa de empeño Culiacán", repito para mis adentros.

—¿Y tú crees que de casualidad hayan guardado la guitarra?

—Uy, no, no creo. La deben haber quemado por cualquier cosa, nunca se enteraron de que esa guitarra era de un güey famoso. Pero pues márcales, en una de ésas todavía siguen por allá y te pueden dar razón —antes de que me pueda despedir, empuja el botecito de las propinas hacia mí, por lo que no tengo más remedio que entregarle mis últimos cien pesos.

De Dickens a los Rolling

Keith Richards está echado sobre un camastro en Saint-Tropez tomando el sol y leyendo *David Copperfield*, la obra maestra de Dickens. Entre página y página le da un trago a la botella de merlot que descansa en la mesita de al lado y se pone a pensar lo mucho que le recuerda el personaje de Micawber a su padre:

—¡Joder! Esto de coleccionar deudas, en lugar de afectos, es mucho más común de lo que yo pensaba.

En ese momento se acerca a él Ted Newman-Jones, su técnico personal de guitarras, creando una sombra que le cubre el rostro:

—Conseguí varias joyitas. ¿Tienes tiempo de echarles ojo?

Keith se alza los lentes oscuros de mala gana y dice:

—¿Son mejores que las que me robaron estos putos franceses mal paridos?

—Puede ser —responde Ted, nervioso.

Keith se levanta con pesadez para caminar completamente desnudo hacia el interior de la casa. Una vez dentro, sobre la mesa de caoba que está en el comedor, encuentra varias guitarras Stratocaster y Telecaster de los años cincuenta y sesenta.

—¿Te han dicho algo los de la gendarmería? —pregunta todavía enojado mientras se rasca las pelotas y observa sin mucho interés a las candidatas.

—Nada. No han dicho nada.

Como si lo llamara por su nombre, su atención se centra de repente en una Telecaster del 53, color amarillo pálido. La levanta decidido, le quita la sexta cuerda y hace una afinación abierta en *Sol*.

Luego de veinte minutos sin parar de tocar, dice en voz alta, con alivio: —Micawber.

—¿Micawber? —pregunta Ted, ahora con una sonrisa.

—Ella es *Micawber* —responde Keith, jalándolo hacia él para darle un beso en la mejilla.

Dentro de los muchos sacrificios que debo hacer para conseguir la Jaguar, uno de los más dolorosos es pasar de una cama ergonómica tamaño kingsize a un sillón que tiene todos los resortes saltados, como si después de soportar tanto peso a lo largo de los años, se hubieran puesto de acuerdo para renunciar juntos y largarse. Me despierto con la espalda partida en dos, al grado que me es casi imposible caminar. Luego de algunos estiramientos, tomo el teléfono para buscar con emoción los datos de la casa de empeño Culiacán. No me cuesta mucho encontrar el número.

—¿Aló? Culiacán Pawn Shop.

—Hola, buenos días. Disculpe, pero quisiera saber si tienen guitarras eléctricas en venta —el tipo se queda callado. No sé si está pensando, si está revisando el inventario o si no habla español, pero mientras tanto se me forma un circo en la panza—. Sí, ¿hola?

—Ah, sí, sí tenemos.

El corazón me comienza a latir cada vez con más fuerza, tengo que hacer una pequeña pausa para tragar saliva:

—¿Y de casualidad sabe si tiene una marca Fender, modelo Jaguar?

—Uy, bato, eso sí no lo sé. Tenemos muchas en venta y no están todas inventariadas. Tendrías que darte un rol para echarles ojo.

—Bueno, pues muchas gracias. Espero ir pronto.

—Sale.

Me froto las manos con insistencia, como una mosca alistándose para aterrizar encima de un pastel. El peor

de los escenarios hubiera sido que la casa de empeño Culiacán ya no existiera o que me dijeran que no tienen guitarras,
pero hay una pequeña esperanza de que siga ahí, esperando
paciente al nuevo elegido. Vuelvo a tomar el teléfono, ahora
para llamar a Lulú.

—Hola, ¿cómo estás? ¿Ya conseguiste tu guitarrita nueva?

—No, todavía no. No tengo dinero.

—¿Y eso? ¿Te castigaron otra vez la tarjeta?

—Pues algo así. Invítame a desayunar y te platico.

Cuando terminé con Lulú hice todo lo que pude por no
perder contacto con ella; más allá de los posibles Baba
Ganoush que trajeran los reencuentros, es una de las personas que más admiro musicalmente; no es que posea un
talento excepcional para la guitarra, aunque lo hace bien,
sino que tiene un olfato sonoro como no conozco otro:
puede distinguir entre cientos de bandas con sólo escuchar dos segundos de un *track*, es capaz de anticipar cuáles
canciones se convertirán en éxitos populares y su cultura
musical le permite decir quiénes son las influencias musicales de todos los artistas vivos, muertos y los que están
por nacer. El día que me enteré de que había regresado
de su breve estancia en Los Angeles, donde trabajó como
hostess en un restaurante hindú, la invité a representar a
la banda. Al principio no estuvo muy de acuerdo con la
idea. En primera, porque no le interesaba trabajar dentro
de la parte ejecutiva de la industria musical; lo suyo también era tocar, desde que la conozco su sueño siempre ha
sido tocar en una banda. En segundo lugar, porque no le
gustaba el sonido de Los Heartbeasts. Decía que nuestras
letras eran cursis, pretenciosas y se burlaba de que cantára-
mos en inglés. Después de algunas semanas de insistir, terminó por aceptar. No tenía nada mejor que hacer en esa

época y seguro vio en ello la posibilidad de retomar nuestra relación.

Salgo en calzones del cuarto llevando encima la playera que traía puesta la noche anterior. En el pasillo que conduce al baño me cruzo con Almita, la hija de los del departamento ocho, una quinceañera de piel morena y sonrisa dulce, que me ve con tremendo asco.

—Qué pasó güero, ora sí se te atravesó la fiesta ¿verdad? —después de un largo bostezo respondo sin ninguna pena, quitándome el pelo de la cara.

—Pues, no, ojalá hubiera sido una fiesta. Se me atravesó mi papá que me corrió de la casa, así que ya me van a ver mucho más seguido por acá.

Sacude la cabeza repetidas veces:

—¡Nombre! Pos qué honor, ora sí que esta vecindad va a estar de manteles largos.

Tuerzo la boca y sigo de largo en dirección al baño:

—Buenos días Almita, nos estamos viendo.

—Sale güero, bienvenido al mundo real.

Encuentro que la puerta del baño está cerrada con llave, parece que adentro hay alguien dándose un baño porque las ventanas están empañadas. Como mi vejiga está a punto de explotar, me asomo a través del barandal y le grito a Almita, quien ya está a punto de llegar a su departamento:

—¿Me dejas pasar a tu baño? —voltea hacia arriba, extendiendo una mano como para taparse del sol, aunque en realidad lo hace para pintarme dedo.

—¡Primero ponte pantalones, si no mi jefe va a desfigurar esa carita a madrazos! —aprieto un poco las piernas y camino lo más rápido que puedo al cuarto de ensayos donde encuentro una botella vacía de Coca que me sirve para liberar la presión.

Llego un poco más temprano de lo acordado al Sanborns de Los Azulejos, así que subo con calma hacia el segundo piso de la cafetería para sentarme en una mesa pegada a una de las ventanas que dan hacia el callejón de la Condesa. Aunque en esa sección el servicio es bastante malo, es la que ofrece más privacidad. Elijo nuestra mesa de siempre.

Embarro un poco de mantequilla sobre un pedazo de pan y me lo llevo a la boca. Me entretengo observando a una pareja de extranjeros que discuten en inglés lo que harán después de visitar el Museo de Antropología. Ambos son gordos, alrededor de sus cincuenta años. Él se ve fastidiado ante las sugerencias de su mujer, ella parece disfrutar el romperle las pelotas a John, y es que le dice "John" cada tres palabras. Una mesera se acerca a mí mostrándome una cafetera:

—¿Le sirvo café?

—Sí, por favor —respondo sonriente, con la boca llena de pan. En ese momento escucho el claxon de la motocicleta de Lulú sonar repetidas veces, lo que me hace mirar a través de la ventana. Ahí la veo, estacionándola del otro lado de la calle. Se quita el casco, voltea hacia arriba y me saluda animosa, agitando la mano. Siempre he admirado lo bien que se mueve por la ciudad en moto. La única vez que intenté subirme a una motocicleta me fui a estrellar contra un auto estacionado.

Me alcanza momentos después. Lleva puesto un overol de mezclilla y una sudadera abierta de color rojo intenso. De no conocerla, su forma de vestir me haría pensar que no tiene más de quince años.

Durante el desayuno le platico a grandes rasgos cómo fue que me corrió el Don de la casa y cuál es mi siguiente misión en la vida, ahora que no tengo dinero, casa, ni grupo.

—Yo sé que no me estás preguntando, pero me parece una total pendejada. ¿Para qué quieres buscar esa pinche guitarra, Tobías? —dice sosteniendo su taza de café con ambas manos, a la altura de su barbilla—. ¿No crees que sería más importante empezar a buscar un trabajo?

Mantengo la vista en una servilleta que está sobre el mantel y con la que me entretengo haciendo rollitos:

—Es mucho más que una guitarra, es lo que significa. Es un emblema de la música universal, portentoso bastión de la contracultura.

—¿Portentoso bastión de la cultura, dijiste? No seas mamón, güey, es una pinche guitarra que te va a costar un dineral. Dineral que ya no tienes —cada que Lulú sufre una migraña o sucede algo que la molesta sobremanera, se le forma una hilera de arrugas pequeñitas en medio de los ojos, poco arriba de la nariz. Es obvio que ahora no está sufriendo una migraña—. Además, ¿no has considerado la posibilidad de que el tipo del bar te esté choreando? A lo mejor es amigo de los de la casa de empeño y nada más quiere quitarte el dinero.

—No espero convencerte, flaca. Ni a ti ni a nadie. Tengo mis razones para encontrarla.

Le da un sorbo pequeñito a su café y clava sus ojos tristes en los míos.

—Con la edad te estás volviendo un pinche necio, ¿sabes?

Sí, claro que lo sé. Con los años todo se va a la mierda. Empezando por mi espesa y rubia cabellera de antaño que ha mermado de forma considerable. Ya sufro de unas severas entradas que forman horribles bahías en la parte superior de mi cabeza, donde algunos pelos largos parecen aferrarse con todas sus fuerzas para no caer. Es jodida la edad, no sólo acaba con el físico sino también con la esperanza. A mis dieciocho años estaba seguro de que a los veintiséis estaría en la plenitud de mi vida y que tendría una bonita residencia en Calabasas, California, pero no puedo estar más lejos de eso. Estoy gordo, semicalvo y vivo en una vecindad de mierda donde tengo que hacer fila para orinar. Por si todo esto fuera poco, también debo humillarme a niveles que nunca imaginé posibles.

Le quito la taza para colocarla encima de la mesa, luego sujeto su mano con suavidad.

—Necesito que me prestes dinero para llegar a Tijuana.

Sacude la cabeza al tiempo que deja escapar una risita exasperada.

—No tengo dinero como para andarte prestando, Tobías, ya lo sabes. Apenas puedo arreglármelas para salir con mis gastos.

Vuelvo a clavar la mirada en la servilleta.

—Sí, sí, claro. Olvídalo, fue una pendejada pedírtelo. Ya veré qué hacer.

—¿Por qué no le pides a alguno de tus tíos?

—¿Y que el Don se entere de que ando pidiendo prestado? Ni loco. Aunque no lo creas, todavía conservo un tantito de dignidad.

Toma su cartera del interior de su bolso, saca todo lo que hay dentro, que son mil quinientos miserables pesos, y los coloca encima de la mesa.

—Toma, es lo único con lo que te puedo ayudar.

Ahora el de los ojos tristes soy yo.

—Muchas gracias, flaca. Prometo regresártelos pronto.

Con el dinero de Lulú no voy a llegar a Tijuana; en realidad, no voy a llegar a ninguna parte, sólo servirá para sobrevivir algunos días. No hay más remedio que vender parte de mi equipo, lo que es prescindible.

Me lanzo al tianguis de instrumentos que se pone afuera del sindicato de músicos, llevando la guitarra de repuesto y algunos de los pedales, entre ellos el *distortion* y el *phaser*.

—Quiubo, brother. ¿Cuánto por tu Electrocaster? —me pregunta un sesentón de bigote espeso y jeans pegados a las piernas que atiende un puesto repleto de guitarras hechas mierda.

—Hummmm. Pensaba como seis mil —respondo con duda, no esperaba encontrar un interesado tan pronto.

—¡Uy, no brother! Mira, te doy esta guitarrita Yamaha más mil doscientos por la Electrocaster y los efectos.

—No, no me interesa intercambiar nada. Necesito efectivo.

—Bueno, te doy dos-trescientos, pero también me quedo los pedales. Bueno, si es que sirven.

El tianguis de instrumentos tiene tal mística que siempre he pensado que es una especie de bazar árabe repleto de gente extraña, ruido y humo de escape. Se encuentra justo detrás de un paradero de camiones y a unos cuantos pasos de la estación del metro Tasqueña. Los músicos que van a comprar algo no sólo van a probar los instrumentos, sino que al hacerlo aprovechan para dar una demostración de su talento. Saben que toda la gente alrededor son músicos también, así que no es admisible sólo rasgar las cuerdas de una guitarra para comprobar su sonido, es una obligación interpretar un requinto complicadísimo capaz de hacer que todos los demás volteen a ver admirados al ejecutante. Ahí se puede reparar equipo descompuesto y comprar de todo: desde amplificadores y circuitos eléctricos hasta instrumentos de viento que alguna vez vieron sus mejores años en alguna sinfónica y ahora terminarán sus días en una cantina en Garibaldi.

—Obvio que sirven —le digo ofendido, extendiéndole la guitarra para que la pruebe. Antes de tocarla la revisa con mucha atención, busca verificar que el brazo no esté torcido; luego pega la mejilla a un lado de los trastes en búsqueda de algo que no sé lo que es. No hay duda de que es un conocedor.

—¿Haces reparaciones?

—Ei.

—¿Y también tocas?

—Algo. Tocaba la lira con los Rebel Boys —dice orgulloso haciendo un esfuerzo por meter su redonda barriga e inflar el pecho. Me ve pestañear en repetidas ocasiones y añade—: ¡no, no mames que no sabes quiénes son los Rebel Boys!

Me quedo impávido, pero después de un silencio incómodo estoy obligado a improvisar.

—Algo he oído, pero es que de seguro no son de mis tiempos —luego reviro tratando de ponerlo en la misma posición—. A ver, dime, ¿tú sabes quiénes son The Heartbeasts? —tuerce el bigote y mueve sus ojos rápido, como escudriñando en su archivo mental.

—No, pos... Ni idea.

Sonrío satisfecho y sigo con el juego.

—A ver, te la voy a poner más fácil, ¿sabes quién es Nirvana?

—A huevo, brothercito, no mames, ¿por quién me tomas?... ¡Ban-do-to-to-ta! —se emociona—. Hace mucho llevé a mis chavos a verlos tocar en El Paso, Texas. Esos gueyes eran unas riatotas, la rifaban bien cabrón, me cae.

No puedo evitar sonreír, no porque un tipo de su edad sepa quién es Nirvana, sino porque sea fan.

—¿Sabes? Quiero encontrar la guitarra de Kurt, su vocalista, la famosa guitarra Jaguar —suelto casual, como si estuviera diciéndole que lo que quiero es comprar el *Nevermind*.

—¿Cómo? ¿La piensas encontrar aquí? —no acaba de decir esto cuando ya jala una bocanada de aire y la aguanta en los pulmones poniéndose cada vez más rojo, hasta que no puede más y explota en una carcajada que me hace dudar si en realidad se está ahogando.

—No, no mames, obvio no —aclaro avergonzado—. Quiero ver si la encuentro en alguna parte del mundo. Necesito conseguir esa guitarra.

—¡Brothercito, no mames, todo mundo quiere conseguir esa guitarra! —levanta un brazo al aire dejando ver los pelos de la axila que se asoman a través de su camisa sin mangas. Luego, usando mi guitarra de modelo comienza a explicar con detalle la anatomía de la Jaguar—. Fender Jaguar año 65, hecha a mano, aunque hay quien dice que en realidad era del 64. Kurt le mandó instalar un switch de tres pasos, tipo Gibson, una tercera perilla de control de volumen y dos pastillas dobles Humbucker; el puente era cromado y le pintó un punto en el brazo con barniz de uñas marcando el tercer traste, ése dónde se arrancaba con el requinto de "smels laik-tin espirit". Chan cha ran, chan chan, chan cha ran, chan chan —empieza a cantar moviendo un poco la cadera y haciendo la mímica de estar tocando mi guitarra. Se detiene de improviso y dice—. Uy, estás perdiendo el tiempo. Nadie la ha podido encontrar. Esa lira desapareció hace años, el día que ese güey se mató. Hay quienes dicen que la inceneraron junto al cuerpo de Kurt y que se la llevó con él al infierno, pero yo no creo. La neta, la neta, la debe haber vendido su vieja para comprar heroina, dicen que era bien pinche junkie.

—Peor que eso. La vendieron para comprar pollos a las brasas —el tipo me mira confundido, sin entender lo que parece ser un pésimo chiste.

Enfría su entusiasmo y regresa a los negocios.

—Está bueno, aunque no sepas quiénes son los Rebel Boys te voy a hacer una buena oferta, me caíste bien. Por la lira y los pedales te doy tres ochocientos. Nadie te va a dar más que yo —lo medito un segundo. Probablemente tiene razón, tal vez pueda sacar cien o doscientos más, pero eso significaría perder el día conviviendo con especímenes similares.

—Dale, vendida —yo le entrego los pedales, él me entrega un manojo de billetes gastados. Verifico que la suma sea la correcta y lo guardo en la bolsa frontal de mis jeans, luego me despido de mi comprador extendiéndole la mano—. Pues gracias por todo.

—Gracias a ti, brothercito, suerte con la lira del Kurt. Si la encuentras, me avisas.

Sonrío al saber que estoy mucho más cerca de ella de lo que él se imagina.

—Gracias a ti —antes de marcharme, me detengo para preguntar—. A todo esto... ¿Cómo te llamas?

—Bernardo, pero todos me conocen como El Barny.

—Sale El Barny, gracias otra vez. Nos vemos pronto.

En las épocas que recorría de Hynes a Bowdoin Station, el metro me parecía un medio de transporte práctico y barato; hoy, que me veo obligado a recorrer la línea dos, me parece más un demonio con llantas ansioso por arrastrarme de vuelta a mi jodida existencia. Sin duda, peor que un escopetazo en la cabeza es saberse parte de esta masa de gente apestosa y carente de identidad. Me abro paso entre todos ellos usando los codos hasta que logro situarme en una esquina del vagón. Recargo la frente contra la pared y cierro los ojos para evadirme. Mi cuerpo está ahí, pero mi mente puede irse a donde sea, igual como la de mi Bobe. Mas no soy capaz de ir muy lejos: voy de regreso al tianguis de instrumentos, al puesto de guitarras del Barny: personaje del que no sólo conseguí dinero, sino información que me hará más fácil llegar a mi objetivo. Switch de tres pasos, tercera perilla de control de volumen, dos pastillas dobles Humbucker, puente cromado y un pequeño punto en el tercer traste. Estos datos técnicos, sumados a las fotos que hay en internet, me ayudarán a encontrar la Jaguar. La pintura es de tipo *sunburst*, es decir, madera anaranjada que se va oscureciendo hacia las orillas, de manera que los bordes se vuelven de color oscuro, casi negro. Está despostillada por todas partes a causa de los múltiples golpes y del uso. Tiene un *pickguard* de color rojizo salpicado de notas plateadas y en la palanca del trémolo una punta blanca.

Debe costar una fortuna. Más allá de que sea o no la guitarra de Kurt, es un modelo caro; un clásico. Calculo que alrededor de los dos mil dólares. Una vez que llegue a

Tijuana mi siguiente problema será conseguir dinero para comprarla.

Durante todo el recorrido me balanceo flotando en el mar de gente. Un mar asfixiante y sudoroso. De repente, un fuerte enfrenón provoca una enorme ola que nos arrastra a todos a comprimirnos en medio del vagón; he de inflar los pulmones para evitar que me reviente alguna costilla. Una vez que las aguas regresan a la normalidad, me llevo la mano a la bolsa de los jeans para descubrir con terror que el dinero ya no está ahí, se lo robó el mar de mierda, maldito mar.

Tocando a todo galope

El restaurante Jim's no tiene nada en especial, es un diner como cualquier otro: con cabinas, meseras uniformadas y comensales que parecen arrancados de una obra de Edward Hopper. Sin embargo, aquel día, había dos visitantes que resaltaban del resto: Willie Nelson y su amigo Bob Cleaves, quien lo asistía en los shows en vivo. Desayunaban hotcackes con mucha miel acompañados de sus respectivas tazas de café negro. Trataban de no hablar mucho esperando que los efectos del azúcar y de la cafeína hicieran pronto su trabajo y matizaran la resaca. La presentación de la noche anterior se había salido de control y Willie había destrozado su guitarra dándole en la cabeza a un borracho al que se le ocurrió insinuar que su música era una mala copia de Hank Williams.

—Necesito una guitarra nueva… Pero una que suene mejor que la de Django —soltó de repente Willie, limpiándose un hilillo de miel que le escurría por la barba.

—Te lo he dicho mil veces: dale una oportunidad a las Martin, tienen una resonancia espectacular.

Después de otra taza de café, durante la cual discutieron la conveniencia de adquirir dicha marca, visitaron una tienda de música. Tan pronto como Willie comenzó a interpretar *Farewell Blues*, supo que ésa era la guitarra con la que había soñado siempre.

—La voy a nombrar *Trigger* —dijo con emoción—, igual que el caballo de mi querido amigo Roy. La bestia más hermosa que he visto en mi vida.

—¿Qué tiene que ver una guitarra con un caballo? —preguntó Bob entre risas, ya un poco más repuesto de la cruda que lo atormentó toda la mañana.

—Créeme… —respondió tocando un pequeño requinto con la uña crecida del dedo pulgar—, tocar esta guitarra es como cabalgar un puto caballo salvaje.

La parroquia de San Miguel Hilarión es un templo que se abrió hace unos pocos años en lo que era un pequeño auditorio de una oficina de la SETRAVI. En vez de bancas de madera tiene sillas de plástico plegables, en lugar de las clásicas imagenes sacras sólo un Cristo colgado del techo que me hace pensar en una piñata y en definitiva el recinto no transmite ni paz ni esperanza, más bien conserva un ambiente de burocracia y denso sopor. A pesar de todo esto, cientos de feligreses se amontonan en las sillas y entre los espacios que se hacen alrededor de ellas. El calor es insoportable, ya que la única ventilación es esa que se cuela por las puertas frontales y circula hacia la parte posterior del escenario convertido ahora en altar.

La entrada del monaguillo es la señal para que empiece a interpretar mi número. Espero ver llegar a un niño, pero resulta que aparece un tipo en sus treinta ataviado con un estúpido trajecito de encaje, sosteniendo una campana. *"It's show time"* —me digo—. ¡Santo, santo, santo es el señoor, hosanna en el cieloooo, bendito el que vieeene en nombre del señooor! —todos comienzan a cantar conmigo, en especial las señoras sentadas al frente, cantan con ganas tratando de sonar por arriba de las otras. Entre el Sol, el Re, el Do y el me lleva la chingada, incorporo algunos arreglos estilo flamenco que hacen que el monagillo me vea con malos ojos. A cuatro compases de terminar mi primera interpretación aparece el sacerdote arrastrando los pies encima de un tapete de plástico que conduce al altar. Es un hombre de mediana edad, con la piel morena y el cabello pintado de color castaño cobrizo. Abajo de su casulla eclesiástica alcanzo a ver que viste con ropa deportiva y calza zapatillas para dormir. Un enorme reloj que parece de oro se asoma por su muñeca cada que enfatiza con las manos lo que predica. Durante la ceremonia permanezco sentado un poco atrás del altar echándome aire con el cuaderno de partituras y esperando la señal, no la señal de Dios sino la del monaguillo, ya que según lo acordado cada que él pegue dos campanadas yo debo arrancarme con una nueva canción. A decir verdad, me siento bastante avergonzado: no por traicionar los preceptos familiares, más bien por hacerle caso al manipulador de Harris.

—Te va a tomar sólo un par de horitas —me dijo con total convicción— y te vas a ganar una buena lana.

Cuando llega el momento en que el sacerdote convierte el pan en cuerpo y el vino en sangre, alcanzo a ver cómo se inclina con discreción para sacar debajo del mantel una ánfora de Bacardí que vierte en el caliz sacramental, luego le agrega vino barato, alza la copa a las alturas, dice unas palabras ininteligibles y la ingiere de un solo trago. ¡Tilín, tilín! Permanezco en pausa viendo cómo el padre se hinca para controlar el efecto del alcohol. ¡Tilín, tilín! Insiste el monaguillo. ¡Padre nuestroooo que estás en los cielooos, santificadooo sea tu noombre! Los pocos sentados se ponen de pie y se toman de la mano con los otros.

Momentos más tarde me encuentro en la oficina parroquial con el sacerdote, el monaguillo y una señora gorda que coordinó la recolección de las limosnas. El sacerdote observa a la mujer agrupar las monedas en pequeñas torres, enciende un cigarrillo sin filtro y con aire despota se dirige a mí por vez primera. —Así que tú eres el primo de Quique Rivas, ¿verdad?

—Pues más o menos. Digamos que somos como primos de cariño.

Me tira una bocanada de humo en la cara y dice:

—Hummm. Ya decía yo. No se parecen mucho —mira el dinero, me mira a mí, luego mira otra vez el dinero—. Pues no sé por qué te recomendó tanto, tuviste muchos errores; se ve que nunca habías interpretado piezas religiosas.

—Pues no, apenas tuve tiempo de repasarlas una vez.

Me observa con atención, tratando de descifrar algo en mi rostro.

—¿No eres católico, verdad?

Lo súbito de su pregunta detona el recuerdo de mi *Bar Mitzvah*. Yo con *kipá*, el Don con una enorme sonrisa de orgullo.

—Sólo creo en san Jimi Hendrix —respondo como en broma. El tipo permanece impávido, luego inhala su cigarro profundamente y achica los ojos, como un vaquero a punto de desenfundar un revólver—. Soy ateo —rectifico rápido.

Suelta una estúpida risilla de satisfacción, cree que ha resuelto un misterio enorme:

—¡Pues ahí está, ése es el problema! —hago un esfuerzo por seguir su hilo mental cuando dice con voz suave y condescendiente, algo amanerada—. ¿Por qué no empiezas por bautizarte, hijo? No sólo necesitamos que cantes, también necesitamos que sientas lo que estás cantando. Que creas, que tengas fe. Me parece justo que hasta el día en que te conviertas al catolicismo te empecemos a pagar. ¿Te parece?

"Hijo de la gran puta", pienso, "¿quién se cree para tratar de convertirme? Peor aún, ¿quién se cree para definir lo que es justo o no?" Me guardo el coraje, aprieto los puños y respondo en el tono más neutro posible, tratando de disimular:

—Lo voy a pensar.

Sin más, se tuerce hacia la gorda mostrándome su espalda.

—¿Cuánto fue? —le pregunta.

—Ocho mil cuatrocientos veinte siete pesos y cincuenta centavos.

—Dale su parte a Caleb y el resto deposítalo mañana.

Caleb el monaguillo sonríe satisfecho, la gorda dice coqueta:

—Claro que sí padre, pierda cuidado, yo me encargo —luego abre el cajón del escritorio donde estuvo trabajando y con una mano empuja hacia el interior todos los paquetes de dinero que agrupó con cinta adhesiva.

—¿Me pueden prestar veinte pesos para regresar a mi casa? —pregunto mirando al piso, sintiéndome sucio, engañado por un sujeto que se dedica a predicar lo importante que es ayudarnos unos a otros.

El sacerdote parece listo para mandarme al carajo, pero voltea hacia la gorda, quien lo mira con ojos expectantes, algo enternecidos. Luego dice con gesto diabólico:

—Prestado nada, se te descontarán a la próxima. Si es que hay una próxima, claro.

Lo he decidido. Esta noche pienso ir por el dinero; no sólo por lo que me corresponde, sino que pienso llevarme todo. Ese marrano no merece ningún tipo de consideración. Seguro el dinero lo gasta en alcohol, putas o en membresías de páginas de pederestas, así que es mejor utilizarlo para una buena causa. El problema es que no puedo hacerlo solo, necesito que alguien me ayude a trepar por la ventana de la oficina y luego se quede vigilando afuera. El primero que viene a mi mente es Carlicero, un secre que contratábamos cada que había tocada. Por tan sólo trescientos pesos y dos caguamas nos ayudaba a cargar el equipo, a conectarlo y a regresarlo en la madrugada al cuarto de ensayos. Le decimos Carlicero porque se llama Carlos y trabaja en una carnicería allá por Coapa. Aunque nunca me simpatizó mucho, sería perfecto para ayudarme con esto. Es un tipo carente de escrúpulos, capaz de hacer lo que sea por unos pocos centavos.

Me toma dos horas llegar a calzada de las Bombas, tres más encontrar la carnicería Hermanos Martínez. Encuentro a Carlicero aplanando milanesas a ritmo de *Whole Lotta Love*. A cada tamborazo deja ir el golpe del mazo sobre la carne, acción que me provoca una mezcla de repulsión y risa. Al verme detiene el mazo en el aire, enseña todos sus grandes dientes y saluda con un grito para sobreponerse a la música.

—¡Ese Toby! Qué honor carnalito, ¿qué andas haciendo por estos rumbos?

—Vengo a ofrecerte una chamba —respondo también con fuerza. Se limpia la sangre de las manos sobre su delantal y enseguida baja el volumen del estéreo.

—¿Y no pudieron marcarme por teléfono?

—No. No es una chamba con los Heartbeasts, es un tema personal que tengo que platicarte en corto —una mosca se posa osadamente sobre mi oreja y la espanto propinándome un manazo.

—Pues a ver, dime. ¿Pa qué soy bueno?

Poco a poco, un olor a carne, sangre y podredumbre se comienza a aglutinar en el interior de mi nariz.

—Vamos afuera, te lo suplico.

Aguanto la respiración hasta que me alejo varios metros de la carnicería. Carlicero me alcanza momentos después.

—Güey, no me chingues —reclamo—, esa carnicería huele peor que una puta morgue.

—Ora resulta que hasta eres de olfato refinado, ¡no seas mamón, pinche Toby!

Mi situación económica y familiar nunca han sido secreto para nadie. Más de una vez me vieron llegar a las tocadas con Joaquín, el chofer de la familia. Incluso Harris e Imbécil tuvieron oportunidad de ensayar algunas veces en la ahora oficina del Don. Conocieron el jardín japonés, vieron los coches lujosos estacionados afuera, las piezas de arte chafa que adornan la sala y hasta sufrieron del poco sutil racismo de Dalia, a quien le era imposible ocultarlo. "¿Ya llegaron otra vez tus amigos los zanatitos?", me reprochaba enfrente de ellos torciendo la boca y dilatando las fosas nasales. En un principio no entendía la referencia, hasta que me enteré de que el zanate es uno de los pájaros del Don: pequeño, de color muy negro, parecido a un cuervo, pero mucho más vulgar.

Por eso lo que más le sorprende a Carlicero es que Tobías Goldstein, vocalista de los Heartbeasts y millonetas de Las Lomas, tenga que robar para conseguir dinero. El hecho de que la víctima sea una iglesia y que el botín sean las limosnas de cientos de feligreses que entregaron su dinero esperando la salvación parece darle igual.

Me quedo de ver con él a las once afuera de una vinatería que está a dos cuadras de la parroquia de San Miguel Hilarión. Compramos una caguama que compartimos entre los dos, planeamos asestar el golpe a la medianoche y necesitamos algo de alcohol para darnos valor. ¿Por qué a la medianoche y no a las once cuarenta? No lo sé. Tal vez porque nos sonó como parte de un plan algo más profesional.

—Qué pendejada esa de ir a buscar la guitarra de Kurt, me cae, no chingues —suelta Carlicero, dejando escapar un eructo por la nariz.

—No es ninguna pendejada —digo con fastidio, confirmando por qué el tipo nunca me simpatizó del todo; no me gusta su sentido del humor, ni que se dirija a mí como si fuéramos iguales. Pinche zanate—. Es más que una guitarra. Es un símbolo, es un objeto único y de incalculable valor.

—O sea que la quieres para venderla…

—No, nunca la vendería, ni por todo el oro del mundo.

—Entonces no entiendo, ¿para qué chingados la quieres?

Permanezco callado, pegándole tragos a la cerveza, buscando un argumento que no me haga parecer un demente.

—Dicen que tiene poderes —digo serio, con voz grave—. Si la consigo, yo también me voy a convertir en una leyenda de la música.

Carlicero se levanta de un salto para dejar escapar una carcajada.

—¡No mameeees pendejo! ¿Qué reverenda mamada es ésa? —bajo la poca luz que irradia el letrero que dice vinatería, sus dientes lucen más grandes y burlones de lo normal—. ¡Es una de las mayores mamadas que he oído en mi vida! —se soba la panza de tanto reír hasta que se da cuenta que tengo el rostro desencajado y los ojos inyectados de rabia. Considero dos opciones: brincarle encima y molerlo a golpes o fluir con el plan. Me inclino por la segunda opción.

—¡No es cierto!, ¿cómo crees, güey? —finjo reír también—, lo único que quiero es vengarme del pinche padrecito ese.

Al escuchar esto, se enfría su entusiasmo, se desilusiona un poco ante esta nueva versión. Sin duda la de la guitarra era mucho más entretenida.

—Ah, ya decía yo. Ya me habías espantado pinche Tobías —entonces su risa se extingue por completo.

La entrada a la oficina parroquial se encuentra sobre una pequeña calle trasera que durante el día se llena de puestos de garnachas y baratijas, por la noche sólo hay basura y algunos taxis desvalijados o chocados que llegaron ahí hace algunos años con el inútil propósito de resolver algún tema legal. Las manos me sudan, pero no por la posibilidad de que nos agarre la policía o nos juzgue Dios, el mío es un temor de otra especie, uno mucho más profundo. ¿Qué diría el Don si me viera meterme a una iglesia a robar? ¿Qué diría León? Seguro me sometería con un brazo pasándolo alrededor de mi cuello para luego propinarme coscorrones en la coronilla, "estúpido enano, estúpido enano, estúpido enano" repetiría con cada uno de ellos. Froto con ansiedad las manos sobre mis jeans, me enoja recordar que me llamara "enano". Es injusto juzgar a un niño de doce años por su corta estatura, más teniendo en cuenta que él me llevaba seis. Hoy mido casi uno ochenta, peso noventa y cuatro kilos y soy perfectamente capaz de trepar por la ventana de una iglesia para llevarme las limosnas. ¿O no?

—¿Vas o voy? —pregunta Carlicero volteando impaciente en todas direcciones.

—Vas tú. No creo que me puedas aguantar —le digo descansando ambas manos sobre mi barriga. No le doy oportunidad de considerarlo, simplemente me agacho para quedar en cuclillas. Nos sujetamos de las manos para que le sea más fácil trepar en mis hombros y, haciendo un gran esfuerzo, me reincorporo despacio hasta quedar erguido. Con mucha dificultad, Carlicero estira los brazos para sostenerse con una mano de la cornisa y con el codo del otro brazo estrellar la ventana.

Hace todo lo posible por entrar, yo lo ayudo empujándolo ahora con las manos; cuando logra clavar la mitad del cuerpo, escucho una sirena de policía venir a lo lejos.

—¡La policía, güey! —grito sin gritar en realidad.

—¡Puta madre, Toby! ¡Ayúdame a bajar, estoy atorado con algo! —grita desesperado y patalea al mismo tiempo. Considero pescarlo del pie para jalarlo hacia abajo, pero en ese momento alguien enciende la luz en el interior de la oficina. Mi única reacción es correr tan rápido como puedo y sin parar.

Tres cuadras más adelante hago una pausa para recuperar el aliento; a pesar del frío nocturno me tengo que quitar la sudadera con capucha negra que me puse para lucir como un ninja. "Pobre Carlicero, debería regresar a ayudarlo, no está bien abandonarlo a su suerte —pienso caminando en dirección contraria a la parroquia—. Pude haber sido yo el que quedara atrapado en la ventana, con la policía de un lado y el sacerdote alcóholico tratando de convertirme, por el otro". Conforme me alejo, la culpa se disipa poco a poco, a cada paso. Lo que no está bien es reírse de mi proyecto de vida. Carlicero se merecía eso y más, no podía burlarse de mí y salir impune, zanate, hijo de la gran puta.

Son como las diez de la mañana cuando alguien toca con insistencia la puerta de lámina del cuarto de ensayos. Me levanto del sillón, adolorido y de muy mal humor. Camino hacia la puerta arrastrando los pies.

—Ya voy, ya voy —refunfuño. Abro la puerta para encontrar la imagen angelical de Lulú sosteniendo con dificultad su casco, dos vasos con café y una bolsa de papel donde guarda croissants, mantequilla y mermelada de naranja.

—Te traje algo para desayunar. ¿Puedo pasar?

Me quito las lagañas de los ojos y abro la puerta de par en par para invitarla a entrar. Junto con ella entra también un rayo de sol que ilumina todo el espacio; ambas presencias alegran mi alma.

—¿Cómo estás, güey? Te ves muy, muy jodido —dice, sentándose sobre el sillón en donde está mi ropa.

Con tal de lucir menos patético me apuro a ponerme unos jeans y a cambiar mi playera para dormir por una no tan sucia. Luego me siento a su lado a tomar café y a platicarle la historia de la parroquia.

Escucha la narración muy atenta, abriendo grandes los ojos y riéndose de vez en vez con los detalles exagerados que le doy del sacerdote.

—¿Y sabes qué fue de Carlos? —pregunta genuinamente preocupada.

—Ni idea, pero me tranquiliza que ni siquiera se llegó a meter. No se robó nada y en sentido estricto no invadió ninguna propiedad. En el peor de los casos le van a cobrar el vidrio. No puede pasar de eso.

Me mira escéptica, sosteniendo su café con ambas manos y agitando ligeramente la cabeza.

—Estás bien pendejo, me cae, a este paso vas a terminar muy mal.

Le quito el vaso, lo pongo encima de la mesa y sin mayor preámbulo pregunto:

—Entonces, ¿nos vamos a desayunar?

No entiende la insinuación, por lo que responde a toda prisa tomando la bolsa de papel para sacar su contenido.

—No, te dije que traje cosas. Cómete algo de una vez, si es que tienes tanta hambre.

—No, no —la interrumpo antes de que logre sacar un croissant de la bolsa— no estoy hablando de pan. ¿Qué tal un Baba Ganoush? —me acerco despacio hacia ella al punto de que nuestras narices están por tocarse. Después de un breve momento en que los dos permanecemos inmóviles, algo torpes, ella deja escapar una risilla que acallo plantándole un largo beso.

Lulú permanece semidesnuda encima de mí, tiene la cabeza apoyada sobre mi pecho, que se mueve todavía agitado.

—Y entonces, güey… ¿Cuál es el plan maestro? ¿Te vas a bautizar o piensas robar un banco? —dice con ironía; tiene los ojos entrecerrados, tratando de prolongar la sensación de calor que todavía recorre su cuerpo. En cambio, los míos pasean sobre el techo del cuarto de ensayos, analizando cada grieta, cada agujero, cada tela de araña.

Después de un rato de repasar las posibilidades, respondo:

—No, voy a vender a *Woodstock*.

Levanta la cabeza apoyando uno de sus codos en mi esternón.

—No mames, Toby, ¿de qué estás hablando? Amas esa guitarra.

—Pues sí... pero amo más tener un propósito.

Vuelve a recargar su cabeza sobre mí y deja escapar un largo suspiro.

Ella sabe lo importante que es esa guitarra, es la Les Paul Studio Limited Edition que me regaló León unos meses antes del accidente. La compró en un viaje que hizo a Austin para participar en un congreso de cardiología. Me dijo que muy cerca de su hotel encontró un Guitar Center donde tenían la guitarra de la que yo le hablaba siempre, exactamente el mismo modelo y color. Gastó en ella buena parte de sus ahorros, como si hubiera previsto que poco después ya no los iba a necesitar. Fue él quien me insistió en bautizarla:

—¿Qué, no se supone que todos los grandes guitarristas le ponen nombre a sus guitarras? —preguntó.

Yo estaba sentado en la alfombra destrozando el plástico que cubría el estuche, me era urgente sacarla de ahí.

—Pues sí, pero yo no soy grande... todavía no —respondí con una sonrisa enorme, levantándola despacio para admirarla. Siempre creí que el color negro representaba la ausencia de luz, pero juro que los reflejos que se creaban en esa superficie laqueada eran más luminosos que mil estrellas juntas.

—¡Da igual, enano! Ponle nombre.

Comencé a tocar unos acordes para comprobar su afinación, tenía la cuarta cuerda un poco floja.

—Puede ser —dije una vez que ajusté la afinación, estaba apendejado con ese sonido agudo que al instante asocié con el de Led Zeppelin—. ¿Qué tal un nombre de pájaro? Para que tu papá se ponga feliz.

Asintió con una sonrisa y dijo:

—*The Crow.*

—No, no. Ese nombre está muy mamón —tendría que ser algo más tonto que eso—. ¿Qué tal *Dodo*?

Dejó escapar una risotada.

—No, no... ¿Qué tal *Woodstock*?

—¿*Woodstock*? ¿Como el festival de música?

—Como el amigo de Snoopy.

—Me gusta —respondí levantándome para darle un fuerte abrazo. Ahora que lo pienso, creo que fue el último.

A diferencia de la Telecaster que le vendí al viejo del bazar, será muy doloroso deshacerme de *Woodstock*, pero tengo confianza en que valdrá la pena; es la única forma de llegar a Tijuana y encontrar la Jaguar.

—¡Ese pinche padre Eruviel es un cabrón, me cae! —suelta Harris en medio de una estruendosa carcajada que hace que algunos de los clientes nos miren intrigados—. Pero me cae que sí es cierto que existe el karma, me dijo mi jefa que ayer se le trataron de meter unos pinches ratas a su oficina.

Toso de nervios. No estoy seguro qué tan cercana sea la relación de Harris con el padrecito, pero prefiero no averiguarlo platicándole del robo fallido; desvío la mirada fugazmente, como buscando algo en el suelo.

—¿Qué, se te cayó algo?

—Nada, nada. Pateé algo… Ejem, por acá también debe haber ratas.

Harris ríe otra vez, entonces urga en el interior de su mochila para encontrar la última fotocopia y pegarla en la pared donde se ponen los avisos de ocasión. En su mayoría grupos que buscan nuevos integrantes o tipos que, como yo, rematan algún instrumento.

—Pues conviértete, güey, total… Tú no crees en nada y vas a sacar una muy buena lana.

—No, no digas mamadas —respondo acartonado—. No sé cómo chingados me convenciste de ir a tocar a una iglesia, soy un débil mental. Mejor deberíamos armar una banda de rock pop e hincharnos de lana —con un pedazo de cinta adhesiva, pego la última fotocopia.

—¿Rock pop? ¿No te caga el rock pop?

—Pues sí, me caga, pero me caga más tocar el Padre Nuestro.

Damos dos pasos hacia atrás para ver cómo se ve el letrero de "SE VENDE guitarra Les Paul", lo miro con nostalgia, como si fuera el primero de los cincuenta que llevamos pegados a lo largo de la tarde. Harris me da una palmada en el hombro que interpreto como un gesto solidario, pero en realidad indica que al fin es hora de emprender la marcha hacia el salón Corona.

Mientras caminamos a lo largo de Bolívar, disfrutando de las preciosas visiones que nos regalan esos escaparates repletos de instrumentos nuevos y replandecientes, me dice alegre:

—Pues yo no sé, Toby. Yo en tu lugar no vendería mi equipo. Hay otras formas de conseguir lana.

—Ya no insistas con lo de la putá iglesia, olvídalo güey —digo balanceando mucho los brazos, como niño que va de mala gana a la escuela.

—No, no. Te deberías animar a tocar conmigo en restaurantes... ¡O en camiones! He llegado a sacar hasta trescientos pesos en apenas una hora.

Suspiro hondo.

Es cierto que Kurt no es el único rockstar que empezó de abajo. Una vez leí que Eddie Vedder trabajó despachando en una gasolinería. Lo corrieron porque un día había fumado tanta mariguana que derramó como ocho litros sobre la llanta de un Oldsmobile 78. Cuando lo descubrió el dueño del auto, quien había ido a comprar una lata de Dr Pepper, Eddie tenía una pierna levantada y sacudía la manguera entre sus piernas. Reía como un loco. A la semana siguiente comenzó a trabajar como guardia de seguridad en un hotel de paso. El artículo no decía por qué dejó de trabajar en el hotel, pero no hace falta tener mucha imaginación para suponer que se sobrepasó con alguna clienta, con alguna droga o con ambas.

Al igual que los de Kurt, sus inicios no fueron nada glamorosos, pero sin duda le permitieron alcanzar su sueño. ¿Estaré siendo demasiado quisquilloso? Tal vez, pero la posibilidad de convertirme en un músico callejero me seca por dentro, hace que la sangre que corre hacia mi corazón se vuelva un poco más densa y que todo el universo salga de ritmo.

—Discúlpame carnalito, pero me voy a cortar —suelto deteniéndome de improviso.

Harris hunde ambas manos en las bolsas de sus jeans gastados y reclama:

—No mames, pinche Toby, me prometiste que picharías las chelas, cabrón.

—Hoy no puedo, no estoy de ánimo. Te prometo que luego me pongo a mano.

Una leyenda que nació del fuego

Una sirena de bomberos se escuchaba venir a lo lejos y las llamas comenzaban a escapar por una de las ventanas que daban a la calle cuando B. B. King decidió regresar por su guitarra. Corrió a toda velocidad a través de un pequeño callejón donde había una puertecita por la que sacaban la basura del bar. Un par de patadas bastaron para botar el cerrojo. Empapó con agua una toalla que encontró en la cocina y se la puso detrás de la espalda, como si fuera la capa de un superhéroe dispuesto a salvar a su amada. Infló los pulmones a tope y corrió tan rápido como le fue posible. No le importaba otra cosa más que esa guitarra, ni siquiera su vida misma. Esquivó algunas sillas que ya estaban reduciéndose a cenizas, brincó una enorme viga que acababa de caer y al fin logró llegar al escenario. El fuego que producían los parches de la batería provocaba un humo muy oscuro y unas llamas de color azul que se alzaban hasta el techo. Al tomar la guitarra del brazo sintió el calor que recorría todas las cuerdas. La cubrió con la toalla y salió a toda velocidad repitiendo el mismo recorrido. Una vez que logró regresar al callejón, inhaló aire profundo, lo que le provocó unas nauseas que lo hicieron vomitar arriba de una llanta abandonada. Aun así, se sentía muy orgulloso de haber salvado a su Gibson.

—¿Está usted bien señor? —le preguntó un bombero que sostenía un hacha.

—Sí —respondió contento B. B., mostrándole la guitarra—, acabó de salvar lo más valioso que tengo.

Al oír esto, el bombero apretó primero la quijada, luego dejó caer el hacha al piso, como para no sucumbir al deseo que tenía de partirle la cabeza en dos. En vez de eso, concentró toda su ira en un gargajo lleno de ceniza que escupió a los pies de B. B.

—¡Cabrón, mal nacido! ¡Acabamos de sacar a dos tipos muertos de allá adentro! Mejor los hubieras rescatado a ellos, bastardo, hijo de las mil putas.

B. B. King volvió a vomitar arriba del neumático y se prometió honrar a los dos pobres desgraciados que murieron entre las llamas peleando por el amor de una doncella de nombre Lucille.

Llego al cuarto de ensayos arrasatrando los pies, abro la puerta y presiono el interruptor que enciende la luz. Nada. Se debe haber fundido un fusible o tal vez la cortaron por falta de pago. No me interesa investigar. Me desnudo a ciegas dejándome nada más los calzones encima y me tiro en el sillón. La noche es calurosa y ese calor se acentúa a causa de la humedad que se concentra en temporada de lluvias. No hace mucho se fastidió un amplificador porque se oxidaron sus circuitos y a partir de entonces tuvimos que llenar el espacio con varios botes de pelotitas químicas que prometen absorber la humedad.

Doy vueltas de un lado a otro buscando una posición menos incómoda hasta que al fin desisto. Me incorporo para alcanzar el celular que siempre coloco sobre el remate de la ventana; en él llevo música de los Heartbeasts y una entrevista que nos hicieron en Radio sza hace dos años. Es la única entrevista que he dado en mi vida, por lo que me gusta escucharla cuando necesito calmarme, cuando es urgente recuperar la fe.

"No se vayan todavía que hoy tenemos en cabina a los 'Jarbis', completamente en vivo y a todo color por ésta su frecuencia consentida 1040.1 de amplitud modulada. ¡Radioooo sza! Sí, lo dije bien, ¿verdad? Los Jarbis…". "Ejem… no, no… Es Heartbeast". "O sea que significa algo así como 'latidos del corazón' en inglés, ¿verdad?" "No, no… No es 'beats', es 'beasts'. Es más como 'bestias de corazón'". "¿Y por qué ese nombre tan mamerto? Jajajaja". [Silencio incómodo]. "Bueno, pues cuenten de su banda. ¿Qué rollo tocan? ¿Cuánto tiempo llevan? ¿De qué la giran? Los veo como *nerviosos, aplíquense, chavos, les prometo que nadie se los va a comer". "Ejem, hola. Somos The Heartbeasts, una banda de rock alternativo, aunque hay gente que dice que sonamos un poco a punk. Yo soy Tobías y estoy a cargo de la guitarra y la voz, aquí Imbécil toca el bajo y Harris, la batería. Tenemos ocho meses de habernos formado y ya estamos preparando nuestro primer álbum de estudio". "Ah, caray, ¿a poco ya van a grabar disco?" "Pues, sí, ésa es la intención. Nos contactamos con un tipo que se llama Charly Cullbert, que estuvo trabajando con Nine Inch Nails y le interesó mucho colaborar con nosotros". "¿Charly Cullbert? Hummm. No lo conozco. Pero ¿a poco tocó con Nine Inch Nails?" "Bueno, no, no… Era parte de su staff, pero el tipo es un fenómeno. Tiene un estudio en su casa y dice que podemos ir a grabar pronto por allá". "No'mbre, pues suena fenomenal. Eso me recuerda que Radiohead también está preparando un nuevo álbum que piensan lanzar para el año que viene. ¿Les gusta Radiohead?" "Sí, sí, está bien. El disco de* The Bends *me parece un discazo". "Yo ya los he visto un par de veces en vivo y debo decir que me dan un poco de hueva. El tal Yorke canta como si estuviera todo el tiempo estreñido, debería comer más fibra". "Jajajajaja. Bueno, pues vamos a hacer un corte para escuchar con respeto nuestro bienamado himno nacional, luego regresamos para seguir con esta fascinante entrevista. Márquennos, pocos y desvelados radioescuchas, que estamos en vivo con los* Jarbist. Ya saben el teléfono de Radio *SZA: ¡cincuenta catorce veinticinco veinticinco!, ¡cincuenta catorce veinticinco veinticinco! No se vayan, ya volvemos".*

Toc toc toc. Tocan a la puerta. Pongo en pausa la entrevista y, antes de alcanzar a responder, escucho que meten la llave para abrir. La poca luz que se cuela por la ventana es suficiente para reconocer la nariz aguileña de Imbécil, quien prende y apaga varias veces el interruptor de la luz asumiendo que el problema energético tiene su origen en la conexión.

—¡Qué pasó, güey!... ¿Qué haciendo por acá?

—¡Suputamadre, güey! —dice brincando hacia atrás—. ¡Qué pedote me sacaste, pinche Tobías ojete! Pensé que no había nadie.

Me levanto del sillón para ponerme la playera que había tirado junto.

—Estoy quedándome unos días por aquí.

—No me chingues güey, ¡hay que ventilar!, huele a madres... ¿Y por qué no hay luz?

—Se le debe haber pasado pagar a Harris. Este bimestre le tocaba a él.

—Ah, la verga... Pues qué mal pedo —se mete al cuarto donde están los instrumentos y escucho cómo empieza a revolver cosas—. No te voy a quitar mucho tiempo —grita—. Nomás vengo por mi equipo. Voy a empezar a tocar con otra banda el lunes... Una donde no me la van a hacer de pedo si me echo mis toquecitos.

Aunque lo nuestro no tenía solución, es doloroso escuchar esa noticia. Una cosa es terminar con tu pareja, otra muy distinta es enterarte de que ya está saliendo con alguien más.

—Hummm... Pues felicidades, mucha suerte —respondo seco.

—¿Tú, qué pedo? ¿Vas a conseguir a otro bajero o qué va a ser de los Jarbish?

—No, no de momento. Tengo otros proyectos.

Emerge de la oscuridad absoluta cargando su Peavey. Lo coloca en la entrada deteniendo la puerta y regresa a buscar su bajo y un par de cables plug.

—Seguro estoy olvidando cosas, pero no se ve una chingada. Mejor ahí luego regreso de día.

Me levanto para acompañarlo hacia la puerta y así no darle oportunidad de quedarse más rato.

—No hay bronca.

—Pues gracias por todo máster, estuvo cotorro mientras duró... ¡Ahí me despides del Harris, una riata ese güey! —dice extendiéndome la mano, por lo que no me queda más remedio que darle un brevísimo apretón. Siempre me incomodó su saludo blando y húmedo.

—Suerte carnal —le ayudo a sacar el bajo y cierro con un ligero portazo.

Hago un nuevo intento por acomodarme en el sillón, pero por alguna razón cada vez parece más incómodo. Me levanto hacia el frigobar, saco un bote de leche de su interior y le doy un trago largo. La leche ya está tibia, al igual que las salchichas de pavo que guardaba para comer durante toda la semana. No tengo tanta hambre, pero decido acabar con ellas de una buena vez y no esperar a que se echen a perder.

Luego de mi cena tomo un altero de ropa sucia y lo distribuyo encima del sillón, tal vez ayude a suavizar la superficie irregular que provocan los resortes. La verdad es que no mejora mucho, mas hago otro esfuerzo por conciliar el sueño.

Estoy solo en la cabina de Radio SZA viendo fijamente al micrófono. Quiero decir algo importante pero no logro que las palabras salgan de mi boca, como si tuviera los labios unidos con pegamento. Es una sensación angustiante porque estoy seguro de que hay miles de fanáticos esperando una declaración mía y casi puedo sentir cómo se van apagando los radios conforme tardo en responder. Volteo a ver a mi interlocutor para descubrir que es Kurt, que me mira con lástima. El pelo rubio le cuelga hacia el frente de la cara y lleva puesto el famoso suéter de rayas rojas y negras, ese que siempre asocié con Freddy Krueger.

—Seguimos aquí en Radio SZA con Tobías Goldstein de los Heartbeasts, la banda del momento. Cuéntanos Tobías... ¿Por qué te apellidas Goldstein?

Entre más intento hablar, mi desesperación se incrementa, está a punto de convertirse en terror. Alguien a mi lado responde:

—Fue una decisión que tuvimos al armar la banda —es un tipo desconocido que se parece un poco a León, sólo que éste tiene el pelo largo y lleva una bata de doctor llena de sangre. Conforme habla, el parecido con León se acentúa más y más—. Queríamos tener un sonido distinto al de las otras bandas y Goldstein nos pareció una buena opción.

—Ya veo… Qué interesante —responde Kurt aguantando la risa—. ¿Y qué opinó tu padre al repecto?

Los ojos se me llenan de lágrimas, pero porque sé que la entrevista no está saliendo como esperaba, esas respuestas me parecen bastante vagas. De repente y como si nada, me regresa el habla.

—Ya sabes, Kurt, cómo son las disqueras. Por un lado, dicen que te apoyan, mientras por el otro, te hacen mierda. Te quitan todo lo que tienes hasta que terminas tomando leche echada a perder.

—Claro, claro. Es difícil. Pero sólo así vas a llegar a convertirte en un rockstar. Nada más tienes que aguantar, Tobías de los Goldsteins —dice Kurt al tiempo que deja caer un brazo para tomar la escopeta Remington que escondía debajo de la mesa. Asustado, volteo a ver a León, quien tiene la cara repleta de pedacitos de cristal que se arranca de uno a uno, como si se trataran de espinas pequeñitas.

—¿Qué vas a hacer con eso? —pregunto alarmado, echándome hacia atrás.

—Voy a matar a tu hermano.

—Mi hermano ya está muerto, ¡Él es Imbécil, bajista de los Goldsteins! —digo ya aterrado, tratando de salvarlo.

Kurt corta cartucho, apunta la escopeta hacia Imbécil o hacia León, ya no estoy seguro, y dispara. Dispara montones

de confeti y serpentinas que provocan que los dos se dester-
nillen de risa.

Me despierto empapado en sudor y con el estómago
revuelto, por lo que tengo que salir corriendo al baño comu-
nal para devolver la leche y las cinco salchichas de pavo.

Apenas ayer puse en venta a *Woodstock* y ya hay un interesado. Es una persona que marca a las diez de la mañana y de no ser porque se identifica como "Mike" me cuesta distinguir si es un hombre o una mujer, mejor dicho, un niño o una niña. Con esa voz chillona no debe pasar de los doce años. Seguro no tiene idea de la guitarra por la que está pidiendo informes. Me cuesta trabajo imaginar a un mocoso interesado en comprar una Les Paul Studio Limited Edition.

—¿Cuándo quieres venir a verla? —pregunto con hueva, dándome masaje en la panza todavía inflamada.

—¿Se puede hoy en la tarde?

—Claro que se puede, pero no sé si leíste bien. Es una Les Paul Studio Limited Edition, es importada y estoy pidiendo quince mil por ella —al escuchar esto, el niño permanece un instante en silencio, señal que me enoja y me lleva a confirmar las sospechas, no tiene idea.

—¿Y es lo menos?

—¡Claro que es lo menos! Prácticamente la estoy regalando.

Estoy a punto de despedirme cuando dice:

—Bueno, sí, está bien. Si no te importa, me gustaría pasar a verla hoy mismo —ahora el que permanece en silencio soy yo, algo en todo esto no me da buena espina. Lo mejor será citarlo lejos del cuarto de ensayos, en un sitio con policías cerca.

—Hay un HSBC en la esquina de Donceles y Brasil. Te veo ahí afuera a las cinco, ¿te parece?

—Me parece —antes de terminar la llamada, se apura a preguntar—. ¡Oye! ¿Y cómo te voy a reconocer?

Suspiro fuerte y a propósito sobre la bocina.

—Pues además de que voy a ser el único tipo afuera del banco cargando un estuche de guitarra, me podrás reconocer porque soy muy alto, tengo el pelo largo, rubio y voy a llevar puesto un saco de piel de víbora.

—¿Cómo el de Sailor Ripley?

¡Joder! Los niños de hoy de verdad que están muy adelantados.

—Como el de Sailor Ripley. Allá te veo.

Llego al HSBC al diez para las cinco para enterarme de que los bancos cierran a las tres y no sólo ya no hay policías, sino que hay más gente de la que esperaba: oficinistas conformes con haber sobrellevado un día más de intrascendencia; turistas que corren con mapa en mano con la esperanza de colarse en algún museo a punto de cerrar; adolescentes que ríen, sin prisa de nada, porque muy en el fondo saben que no hay ninguna prisa por llegar al insípido destino que los espera; borrachos, empleados de limpia, ancianos dementes... "¡Puta madre! Lo único que falta es que me roben la guitarra", pienso de repente. Me atrinchero en la entrada del banco a esperar. Abrazo a *Woodstock* con fuerza, tengo la sensación de que todo el mundo intuye que adentro de este estuche viaja la posibilidad de encontrar un tesoro con seis cuerdas, el genio adentro de la botella que los salvará de sus tontas vidas.

Por fortuna, pasan apenas cinco minutos cuando veo a un tipo con aires de ejecutivo de mediano pelo caminar decidido hacia mí. No tiene doce años, debe ser apenas uno o dos años menor que yo.

—¿Tobías? —pregunta con una voz que al salir de su cuerpo me parece más chocante que antes, por lo que debo hacer un esfuerzo por no reír.

—Qué bueno que llegaste puntual —digo acostando el estuche sobre el piso. Me coloco en cuclillas y abro el seguro que cierra la tapa—. Pues ésta es. Es una guitarraza.

—Se ve muy bien —dice con su vocecilla, inclinando un poco la cabeza para poderla apreciar. Mientras tanto, hunde la mano en la bolsa de sus Dockers para sacar un rollito de billetes agarrados con una liga de pelo de color rosa—. Listo. Pues aquí está tu dinero.

Veo el dinero, veo la guitarra, vuelvo a mirarlo otra vez. Pregunto extrañado:

—¿No la quieres probar?

—No, no te preocupes. Se ve fantástica. Es justo lo que estaba buscando.

Creí que me sentiría muy triste al vender esta guitarra, pero más bien estoy confundido. Me rasco varias veces la barbilla tratando de descifrar qué puede estar mal en todo esto, hasta que el tipo agita el rollo de dinero frente a mi cara.

—Gracias, ha sido un placer.

—Ejem, sí, claro. Estás haciendo una muy buena compra. Está casi nueva, sólo tiene un pequeño rayón en la parte de atrás —respondo sacando la guitarra del estuche para mostrarle que tiene una especie de tache detrás del brazo.

Al tipo parece darle igual, por lo que devuelvo la guitarra al interior del estuche, le arrebato el dinero y doy media vuelta para contarlo contra la pared. Quince mil pesos que huelo con la idea de verificar su autenticidad. Todo bien: huelen a sangre, a óxido. No lo sé, tal vez el dinero tiene ese peculiar olor por el supuesto esfuerzo que dicen cuesta conseguirlo. Luego lo meto en una de mis Docs, donde el aroma no es mucho mejor.

—Pues muchas gracias —entonces me levanto para darle el estuche.

—No. Gracias a ti.

Nos estrechamos las manos y me quedo parado viendo cómo se aleja rápido por donde vino.

Camino a toda prisa con la mirada clavada en mis botas, no me quiero exponer a cruzarla con alguien, como si de hacerlo pudieran darse cuenta que traigo quince mil pesos encima. Primero una adelante, luego la otra, luego la otra de nuevo y así consecutivamente. Van y vienen como mi estado de ánimo, que se debate entre la felicidad y la podredumbre. La felicidad llega a mí al saberme un poco más cerca de la guitarra Jaguar, pero al instante se esfuma con el recuerdo de León que se vuelve un fantasma que me espanta con mi propia miseria.

En una agencia de viajes que encuentro sobre Isabel la Católica compro un boleto con destino a Tijuana. Boleto que cuesta seis mil cuatrocientos pesos con todo e impuestos de viaje. ¡Una verdadera, puta y jodida fortuna! La Jaguar no puede costar menos de veinte, así que necesito unos quince extra. Tal vez no estoy tan cerca de ella como había pensado, mas disfruto de esa nueva emoción que provoca comprar un viaje al destino que resguarda la atracción más grande e imponente del mundo, una que hace al Taj Mahal y al monte Rushmore verse ridículos. El vuelo es para el 18 de agosto a las 7:45 de la mañana, exactamente tres días, ocho horas y catorce minutos antes de mi cumpleaños veintisiete. No me imagino un mejor regalo. Cuando la tenga en mi poder pienso ponerme a componer, tal vez hasta prepare un disco nuevo, ahora uno como solista, ya es tiempo. "Toby Goldstein", "Toby and the Goldsteins", "Toby G", no lo sé. Lo que es un hecho es que ni loco pienso volver a agruparme.

Cuando estudié la secundaria, formar parte de un grupo de rock era casi como pertenecer a una pandilla. Me dio una seguridad indispensable en una época en que todo era *bullying* y desajustes hormonales y físicos. Cada que llegaba a una fiesta con los güeyes de la banda me sentía un miembro de los Riffs, la pandilla urbana más poderosa de Nueva York en la película *The Warriors*. Éramos intocables, aniñadamente rudos. Bastaba con vernos juntos para deducir que andábamos en algo distinto, tal vez peligroso. Las horas y horas de ensayo hicieron que nos mimetizáramos de a poco. En un principio el interés por la música fue el denominador común, pero muy pronto comenzamos a hablar con las mismas expresiones, a caminar igual y hasta comprar la ropa en las mismas tiendas. Nunca he negado que esa hermandad me ayudó a sobrevivir la adolescencia, pero hoy no necesito nada de eso, voy a emprender el camino solo. Lo mismo hicieron Hendrix, Dylan o Clapton, genios que se volvieron leyenda por mérito propio. ¿Qué necesidad tengo de batallar con tipos como Imbécil? Mariguanos sin compromiso, volátiles y carentes de foco musical. Estoy decidido a convertirme de una vez por todas en el capitán de mi destino; voy a tomar todas las decisiones y la responsabilidad será sólo mía.

"La guitarra de Kurt" —suelto al tiempo que abro la puerta del cuarto de ensayos—. ¿Qué sonidos nacerán de ella? ¿Qué se sentirá sostenerla en las manos? Debe de provocar chispas, igual que levantar cuatro kilogramos de oro puro, un oro cargado de poder, con el que alguna vez se forjaron temibles dioses: la energía sigue ahí, los rezos de millones de fieles están impregnados en cada una de sus moléculas. Sin duda, un objeto capaz de transferir respeto y estatura a quien lo porte.

Desprendo con mucho cuidado la portada de la *Spin* que coloqué arriba del sillón para ocultar el dinero y los boletos de avión detrás de la imagen de mi ídolo. No sólo lo hago para evitar el posible robo, sino por un asunto de cábala, he de concentrar toda mi energía en una sola dirección. "Ayúdame glorioso Kurt, rey del grunge y de las causas perdidas a encontrar la Jaguar y a conferirme toda la magia que de ella emana; te prometo que le daré el cariño que merece. Te lo juro, no te voy a decepcionar". Pego el recorte de vuelta en su sitio y doy unos pasos hacia atrás para comprobar que todo haya quedado bien oculto, pero tropiezo con un altero de ropa sucia que me hace caer de nalgas sobre el sillón. Como diría Dalia: "El lugar está hecho un muladar": jeans, calzones y calcetas, que he usado repetidas veces en los últimos días, lucen miserables sobre el suelo, como si también sintieran nostalgia de las épocas en que teníamos la vida resuelta.

Bajo las escaleras de la vecindad para tocar una puerta de lámina de color azul carcomido por el tiempo, es la del departamento ocho. Toc toc toc.

—Sí, ¿diga? —se oye del otro lado una voz que pareciera ser la de la misma puerta, pero es la de la abuela de Alma.

—Buenas tardes, señora —digo en tono fuerte y amable, acercándome lo más que puedo por si necesita escuchar mejor. A raíz del infarto de la Bobe, siento que todas las mujeres mayores requieren especial consideración—, disculpe que la moleste, soy Tobías, del departamento tres. ¿Estará su nieta?

La puerta se abre despacio para dejar salir primero un fuerte olor a consomé de pollo, luego se asoma la viejita, una mujer ya de por sí pequeña pero que seguro se ha enjutado con el paso y el peso de los años.

—Creo que anda arriba —dice enojada, arrugando aún más la cara—. ¿Usted es de los muchachos que se la pasan haciendo fiestas, verdad?

—Pues ya no, señora —respondo con pena—, hace varios días que no hacemos ruido.

Se cruza de brazos para arroparse con un suéter demasiado grande de cuadros y así evitar la corriente de aire.

—¡No sé qué estaba pensando don Édgar cuando les rentó esa habitación! La próxima vez que lo vea le voy a implorar que los saque, ¡muchachos viciosos!

—Discúlpenos, señora, le juro que no era nuestra intención molestar. Le prometo que...

Me rescata Almita, quien llega por detrás.

—Buenas, güero, ¿qué haciendo por acá?

—¡Almita! —suelto con alivio, girando hacia ella—. Te vine a buscar para pedirte un favor.

La abuela nos mira molesta, como si mi interés por su nieta diez años menor que yo no fuera de índole laboral, o si el de ella hacia mí fuera más allá de la simple curiosidad.

—Tú dirás... para qué soy buena —dice amable, empujando a su abuela hacia adentro de la casa y cerrando luego de golpe.

Voy al grano.

—¿Cuánto me cobras por lavar mi ropa?

Entrecierra los párpados, igual que si le estuviera haciendo efecto algún somnífero, pero en realidad es porque le da tremenda hueva la razón de la visita.

—Ciento veinte el kilo. ¿Cuántos kilos son?

—¿Kilos? No, pues ni idea, ¿tres? ¿ocho? —respondo haciendo el cálculo—. No, no. La verdad no lo sé. Cuando la traje pesaba un chingo, pero también traía mis discos dentro.

Suspira y dice de mala gana.

—A ver, ándale, mejor vamos a echarle un ojo.

Después de un rato, la ropa que estaba regada por todo el cuarto se transforma en una montaña alta y apestosa.

—No, pus... no deben ser menos de diez —dice con igual asco que sorpresa.

—¡Carajo! ¿Mil doscientos me va a costar? ¿De verdad? —digo lo más triste que puedo—. Eso es mucho dinero, Almita... No te puedo dar más de mil.

Inclina la cabeza y se me queda mirando, descifrando si el lamento es genuino o no.

—¡Ay! Sólo porque me caes bien, güero —dice al fin analizando la pila de ropa mientras se oprime la nariz entre dos dedos.

De mala gana, pero con la conciencia de que es un gasto necesario, le entrego parte de la venta de *Woodstock*. Ella lo guarda en la bolsa trasera de sus pants y comienza a empujar con el pie la ropa hacia el exterior: aprovecho para abrir la ventana y así dejar que entre un poco más de luz y aire al lugar.

El Dragón de Oro es un restaurante de comida china donde uno puede comer todo lo que quiera por sólo ciento veinte pesos. De sus techos muy altos cuelgan pósteres luminosos donde se ven imágenes de China; fotos que hace mucho perdieron su encanto y ahora sólo muestran templos y dragones decolorados, como las fotos de un sueño que la memoria no puede retener.

Las mesas están dispuestas alrededor de una barra donde hay todo tipo de platillos, ninguno kosher: Dumplings de carne, pollo a la naranja, pollo kung pao y un sinfín de guisos innombrables con los que retaco mi plato y sobre los cuales prefiero no investigar más allá de su aspecto; si me vieran mis padres no estarían muy contentos, pero en este momento de mi vida no me puedo dar el lujo de respetar las tradiciones. Dalia procura ser estricta en ese sentido, alguna vez hizo el intento de usar dos lavavajillas en casa: una para meter los enseres que tuvieron contacto con lacteos y la otra los de las carnes; la idea era no mezclar esos dos grupos alimenticios y de esa forma no mancillar la ley del *kashrut*. Aunque se esforzó en explicarle a los Tórtolos, después de algunos meses tuvo que abandonar la iniciativa, era por demás inoperante.

Nada de eso importa ahora, me merezco una buena comida. Con el perdón de Dios y con la ayuda de unas cuantas cervezas como, como y sigo comiendo hasta que el cuerpo no aguanta más.

Salgo del Dragón de Oro sintiéndome optimista. La noche es cálida, apacible, y las luces de los estableciemientos cercanos tintinean dándome esperanzas, diciéndome que la guitarra sigue ahí y que de una forma u otra conseguiré el dinero necesario para comprarla. Meto la mano al saco para tomar el celular y marcarle a Lulú; quiero contarle que ya vendí a *Woodstock* y que dentro de muy poco tiempo será testigo de los poderes de la Jaguar.

"SALDO AGOTADO" se lee en la estúpida pantalla LCD Touch. En ese instante dejo escapar un largo eructo con el que se esfuma toda la felicidad que me invadía momentos antes. Era de esperarse. Raro que el Don no hubiera cancelado el plan telefónico el mismo día en que canceló la tarjeta adicional. Con urgencia, como si fuese el último eslabón de la cadena que me ata a mi familia, aviento el teléfono por una alcantarilla. Ya no lo necesito más. Me viene a la cabeza la frase: "*I am free and that is why I am lost*", creo que es la letra de una canción, no recuerdo de quién es, pero no importa, es perfecta con mi sentir actual.

Frankenstrat

Aunque William llevaba tres años como curador del museo de Historia Americana en Washington —un museo por demás ecléctico donde se exhiben desde escenarios de programas de televisión hasta los vestidos de algunas de las primeras damas de Estados Unidos— nunca se había enfrentado a algo parecido. Caminaba de un lado a otro de la sala de juntas mirando de reojo a la guitarra, temía que, de hacerlo de manera directa, los otros miembros del Consejo smithsoniano creyeran que al fin estaba aceptando su participación en la muestra permanente.

—¿Entonces este señor Eddie van Halen la ensambló?

—Es correcto —contestó uno de sus compañeros, quien en cambio no le apartaba la vista a tan excéntrico instrumento—, se supone que la armó con piezas de muchas otras guitarras. Según lo que dice la ficha, estas cosas son pedazos de mica antirreflejante de un camión —dijo divertido, deslizando su mano por encima.

—¿Y se supone que ésa es razón suficiente para incluirla en la muestra? Ya les dije… para mí, es un trozo de basura.

—Me parece muy extraño tu punto de vista Bill; ya repasamos tres veces la valoración del Consejo y todos están de acuerdo. Bueno, todos excepto tú —dijo Cindy, una chica de lentes de pasta y rostro muy delgado, quien ya se estaba poniendo de muy mal humor porque en media hora perdería la reservación en Le Diplomate.

Al fin, William se animó a mirarla; su gesto era de verdadero dolor. Trataba de entender por qué ese cruce de líneas blancas y negras sobre una superficie roja deberían estar expuestas como uno de los principales símbolos de la cultura americana. Se asemejaba más a un accidente vial que a ninguna otra cosa.

Se ajustó el saco cortado a la medida y dijo:

—Pues hagan lo que les dé la gana, yo sigo y seguiré sin estar de acuerdo. Me parece monstruosa.

—Justo ése es su encanto Bill —dijo Cindy, antes de echarse una aspirina a la boca—, ése es su encanto.

No hay nada que puedas hacer que no pueda hacerse.
Nada que puedas cantar que no pueda cantarse.
Nada que puedas decir... pero puedes aprender el juego,
¡Es fá-a-acil!
¡Todo lo que necesitas es amo-or!
Tu tu ru ru ruu.

Harris lleva colgado al cuello un cajón de madera al que golpea rítmicamente con sus baquetas, yo cargo una guitarra acústica. Juntos interpretamos canciones de Los Beatles, traducidas al español, afuera de un restaurante de cortes argentinos en la colonia Roma. La poca gente que come en las mesas que están en el exterior nos mira de reojo, aparentando que no existimos; pero después de trabajar todo el día en esto uno aprende a identificar prospectos. Un ligero movimiento de pie al ritmo de una canción es señal inequívoca de que el sujeto en cuestión soltará unas monedas. Por eso nos estacionamos enfrente de una mesa en la que hay dos parejas jóvenes y donde uno de los tipos parece disfrutar con nuestra música.

Sobre la mesa descansa un enorme pedazo de carne asada al carbón. Las marcas de la parrilla forman un patrón acaramelado sobre su superficie y la carne derrama jugos cada que alguien corta un pedazo para llevarlo luego hacia su boca. A través de un tubo de aluminio, el humo que produce la parrilla sale al exterior del restaurante. Lo que agudiza mi hambre es que junto con el humo también escapa por ahí el olor de la carne, el del chorizo, el del queso provoleta. Ese delicioso aroma hace a mis tripas tronar a tal grado que creo que se escuchan por encima de los golpes que pega Harris sobre el cajón. Mientras tanto, los de este grupito ríen, brindan con sus copas repletas de vino tinto, parecen satisfechos con sus vidas. Por su aspecto acartonado, todos deben trabajar de ejecutivos en alguna oficina corporativa, con sus cubículos repletos de fotos de momentos felices, de perros, de proyectos de una vida que nunca alcanzarán. Personitas miserables tratando de llenar sus vacíos emocionales con churrasco y malbec.

Al terminar la canción Harris se dirige hacia ellos.

—¿Gustan cooperar? —las mujeres ni se dignan a mirarlo, los tipos reaccionan con molestia, incluso el idiota que movía rítmicamente su zapato Salvatore Ferragamo. Al ver que Harris no está dispuesto a desistir, fingen buscar unas monedas en sus bolsillos.

—No, pues no traigo cambio, rey. Ahí te la debo —dice fastidiado el otro idiota.

Luego Salvatore Ferragamo toma una canasta de pan y la extiende hacia nosotros con una risa burlona.

—Ándenle, llévense un panecito de menos, para que no se me vayan con las manos vacías.

Las mujeres sueltan una horrible carcajada que más bien parece el grito de apareamiento de algún animal salvaje. Incluso una de ellas aderezа la humillación:

—Ay, ¡no seas así, Peter!, pobres roqueritos.

En ese instante surge en mí un impulso que no puedo controlar. Salto hacia ellos y estrello la guitarra sobre la cabeza de Salvatore, partiéndola a la mitad. El otro idiota brinca hacia atrás tratando de esquivar el golpe que no va dirigido a él y cae de espaldas al piso. Las mujeres gritan y los comensales de las otras mesas murmuran alarmados, hasta que de repente Salvatore se levanta tambaleante, pero a toda velocidad. Se lanza sobre mí a golpes, dándome primero en la nariz y luego en el estómago. Hoy no es un buen día para mis tripas. El brazo de la guitarra se mantiene unido al otro extremo gracias a las cuerdas, por lo que se convierte en una especie de maza medieval con la que intento defenderme. Harris amenaza al otro idiota con sus baquetas, quien se arremanga listo para intervenir, aunque lo cierto es que ninguno de los dos tiene intenciones de pelear.

Todo es caos. Vuelan pedazos de madera, salpica la sangre que ahora escurre de mi nariz y la gente de otras mesas se levanta entre gritos, formando un semicírculo a nuestro alrededor.

La patrulla 002423 del sector Roma-Condesa tarda muy pocos guitarrazos en aparecer. Cualquiera pensaría que nuestra policía es más eficiente que la de Nueva York, pero es bien sabido que en realidad son especímenes entrenados para rastrear dinero fácil a kilómetros de distancia, no tienen otro interés o talento. Dos orangutanes, enfundados en uniformes tres tallas más chicas de lo que les corresponde, descienden a toda velocidad para detener la golpiza. Les basta con colocarse al centro y separarnos con algunos empujones.

Limpiándose la sangre que tiene en la cara con la manga de su camisa de marca, Salvatore dice con el poquísimo aire que le resta:

—¡Estos tipos nos querían asaltar oficial, yo no hice más que defenderme!

—¡Eso no es cierto, poli! Estos pinches fresas nos buscaron pleito a mi compa y a mí —escupe Harris, exagerando el sonsonete de barrio.

El gerente, un tipo flaco con el pelo relamido y un mandil que no conoce cocina alguna, se arma al fin de valor para intervenir.

—Sí, oficial, estos tipejos querían robarles los relojes a mis clientes.

Luego, con más ímpetu que si estuvieran empezando las rebajas de temporada, los otros fresas se suman a lo que se está convirtiendo en un juicio callejero.

—¡Es cierto, oficial!

—¡Son unos ladrones!

—¡Bárbaros! —grita una comensal tres mesas más allá.

—Nos hicieron creer que traían un arma —grita una de las mujeres, señalando con su uña larga, decorada de manera ridícula, hacia las baquetas de Harris.

Antes de poder reaccionar, uno de los orangutanes me hace una llave china para aventarme de bruces sobre el cofre de la patrulla. Al instante, siento unos aros de metal ejercer presión sobre mis muñecas. Harris me mira, se encoje de hombros y sube voluntariamente a la patrulla.

—Pues, vámonos al Ministerio, cabrón. Estás detenido.

—¡No me chingue, poli! ¡Si estos tipos empezaron! —vocifero con voz gangosa, a causa de la sangre que ya forma coágulos en mi nariz.

—¡Cállate, cabrón! Aborda la unidat —dice sosteniéndome con una mano del brazo y con la otra por la nuca, para luego arrojarme al interior. Los asientos de la patrulla son de plástico rígido, muy parecidos a los que hay en el metro, incluso son del mismo color. Aquí, al igual que allá, una vez arriba, siempre comienza un viaje incómodo y doloroso.

—¡Hijos de su pinche madre! —murmura Harris recargando la frente en la barrera de acrílico que separa la parte delantera del vehículo de la sección donde viajan los detenidos.

—Estamos jodidos —digo resignado, observando cómo a través de la ventana Salvatore y sus secuaces sacan de sus carteras fajos de dinero que entregan a los policías, quienes lo guardan con muy poca discreción en los bolsillos de su camisa, ésos donde llevan la insignia que reza "PROTEGER Y SERVIR".

Luego los dos policías suben al auto, encienden la sirena y arrancan a toda velocidad. Más que en el interior de una patrulla, me siento a bordo de una película de los hermanos Cohen.

—No, pos ora sí ya se los cargó la chingada chavos —escupe el orangután que viene al volante girando su carota hacia nosotros.

—Los señores los van a acusar por robo y lesiones —añade el otro, entre risas.

—¿Lesiones? ¿Cuáles lesiones? —pregunta Harris, echándose hacia delante—. La sangre no era del putito ese, era de mi compa, ¡le partieron la nariz!, ¡pinches fresas ojetes! Estábamos tocando tranquilos y nos la empezaron a hacer de pedo mi poli.

—Somos músicos, somos gente de bien —aseguro con voz gangosa, como si ese argumento fuera suficiente para hacerlos detener la patrulla y ofrecernos una disculpa.

Aprieto una mano para pegar con disimulo sobre la ventana. Estoy seguro de que si hay algún ser que controla el universo, debe estar cagándose de risa. Soy un pendejo. Sabía que era mala idea tocar en restaurantes para conseguir dinero, no sé por qué le hago caso a las estúpidas ocurrencias de Harris, y no a mi instinto.

—¿Cuánto quieren por dejarnos ir? —pregunto luego a bocajarro, ya que si los fresas nos buscan hundir a billetazos, no hay más remedio que usar la misma estrategia.

Ahora son los dos policías quienes ríen.

—¿Cómo lo ves, pareja? —dice el copiloto apagando la sirena. Luego gira hacia nosotros y se pone serio—. No, no va a estar tan fácil, chavos. Esto va más allá de una falta administrativa. Si el M.P. falla a favor de los caballeros del restaurante, les van a dar de menos dos años.

Dejo caer mi frente contra la barrera de acrílico, cuidando de no hacer contacto con mi tabique nasal. No hemos avanzado más de seis cuadras cuando la patrulla gira de repente en una calle desolada para estacionarse con un enfrenón.

—¿Cuánto ofrecen? —pregunta sin ninguna vergüenza el conductor.

Harris y yo nos miramos pelando los ojos y de inmediato comenzamos a hacer sumas mentales.

—Yo traigo como dos cincuenta —dice con voz casi inaudible.

—Yo unos trescientos —suelto torciendo la boca, el corazón.

Trago saliva, me armo de valor y digo encajando los labios en uno de los agujeros que conectan ambas secciones de la unidad.

—¿Cómo les suenan quinientos?

El piloto resopla y arranca otra vez la patrulla, casi tan rápido como lo que le lleva al otro encender la sirena.

—¡No, no, no! ¡Por favor, espérense! Díganos, ¿cuánto quieren?

—Pues con unos veinticinco mil podemos hacerles el paro, ¿o cómo ves, pareja?

—Sí, puede ser —responde la pareja pasándose la lengua sobre los colmillos superiores.

Pestañeo varias veces, como si con eso fuera más fácil entender. "Dos mil quinientos", debe haber dicho, seguro la ansiedad me hizo escuchar mal. Más vale estar seguro.

—Perdón, ¿cuánto dijo?

—Veinticinco mil pesitos, güero.

Trago saliva con sabor a sangre y jalo aire por la boca.

—No, no mame, poli, ¿de dónde quiere que saquemos veinticinco mil? Ni que hubiéramos matado a alguien.

—Bueno… pues eso ya lo decidirá un juez. ¡Vá-mo-nos! —el conductor cambia la marcha de *parking* a *drive*.

—¡No, aguante, aguante! —hago un último intento, convencido de que ésta es la última oportunidad—. ¡Denos chance a alguno de nosotros de ir a buscar la lana!

El copiloto nos mira a través del espejo retrovisor y dice entre risas:

—¿No tienen mejor una tarjeta de crédito? ¿Chequera?

—¡Hasta aceptamos vales de despensa y meses sin intereses! —agrega el otro tarado regresando la marcha a *parking*.

—No, no tenemos —¡Carajo! Me empiezo a hacer a la idea de que la única salida será pedirle ayuda al Don. Como dice el buen Jarvis: "*If you called your dad he could stop it all, yeah*".

De repente, el piloto le dice al otro, con voz fuerte, casi teatral:

—Pues a mí no me suena mal lo que propone, pareja. Hay que darle chance a su cuate de que vaya a buscar la lana.

—¿Será?

—Pues total... Es al güero a quien quieren chingarse los júniors. Si su compa no regresa con la lana, refundimos al güero con todo y calentadita previa.

—Pues sale —dice el copiloto para luego leer la identificación que le había quitado previamente al Harris—, tienes dos horas Enrique Rivas, de Primera Cerrada de Chimalpopoca, número catorce. Aquí te esperamos.

Harris me mira aterrado, le tiemblan hasta los dientes, como si fuera a él a quien amenazaron refundir con todo y calentadita previa.

—¿Cómo putas voy a conseguir veinticinco mil pesos en dos horas?

—No lo sé cabrón, ¡tú me metiste en esto, así que tú me tienes que sacar! —la imagen de Carlicero pataleando en la ventana de la parroquia se me cruza por la mente, así que suavizo el tono y bajo la voz—. Mira, en el cuarto de ensayos vas a encontrar pegado un recorte de Kurt Cobain, atrás hay unos siete mil pesos. El resto pídeselo prestado a alguien. Por favor, no me vayas a fallar.

—No mames, Toby, ¿por qué no le hablas mejor a tu jefe, güey? —insiste, ya con tono de súplica.

—Tú sabes que no puedo.

Inhala hondo y luego se queda un segundo inmóvil, congelado, tratando de convencerse de que puede lograrlo.

—Está bien —suelta al fin—. Está bien.

Una vez que abren la puerta, Harris pone en acción sus largas piernas hasta que se pierde a la distancia. Mierda, ¿y si no vuelve?, ¿y si me deja aquí? Con él se iría la guitarra Jaguar, mi libertad, ¡se iría toda mi puta vida al carajo!

—¿Me pueden quitar las esposas, por favor? Me están lastimando —digo pensando en lo bien que me haría acomodar mi dedo detrás de los dientes.

El copiloto me observa con hueva, pero tras analizarlo un momento baja de la unidad para rodear la patrulla y abrir la puerta.

—¡Ándale! ¿Qué esperas? Bájate para que te las quite y para que estires las piernas… Vamos a estar aquí un buen rato.

Una vez afuera hago un esfuerzo inútil por jalar aire con la nariz, pero lo único que logro es provocarme una punzada en medio de los ojos.

El policía se coloca a mis espaldas y empieza a maniobrar. Casi al instante de que me libera, ya pregunta:

—¡No me digas que te chupas el dedo, nene!

—No, no… —improviso sintiendo cómo se me enciende la cara—, es que se me rompió la uña peleando con esos idiotas, duele un montón.

—Uta güero, pues se me hace que no es lo único que te rompieron —entrecierra los párpados, enfocando la vista en mi nariz.

Desvío la mirada hasta topar con su placa de identificación: "R. Lozano".

—¿La erre de qué es?

—¿Cuál erre?

—Esa erre —le digo sacándome el dedo de la boca para señalar su placa de identificación.

—Ah… de Rubén.

—Mucho gusto, Rubén —R. Lozano no tiene ningún interés en convertirse en mi amigo, así que sólo se limita a levantar sus gruesas cejas, como un par de azotadores que resbalan en sincronía.

—¿No crees que veinticinco mil pesos es mucho?

—¡Uy, no carnal! Hay muchas personas dispuestas a testificar en tu contra. Los señores del restaurante quieren mandar a sus abogados, parece que no es la primera vez que los asaltan. Con una demanda de esas es muy difícil salir bien parado, en especial alguien como tú… —me repasa de arriba a abajo, con desagrado— un chavo de bajos recursos.

—¿Bajos recursos? —suelto con voz bajísima, inaudible. Estoy a punto de hacerle saber a R. Lozano que hasta hace muy poco vivía en Residencial Bosque Imperial, que mi auto lo compré dos años atrás en una concesionaria en Polanco y que era amo y señor de una tarjeta de crédito de color dorado y capacidad ilimitada, pero por suerte me ataca otra punzada detrás de la nariz.

—¿Todo bien, güero? —pregunta al ver que me recargo en la patrulla.

—No, la verdad no.

—Debe ser hambre —extiende la mano hacia mí y agita los dedos muy rápido—; dame tu lana, voy a buscarnos algo de comer.

Como si fuera requisito para mi liberación, saco la cartera para entregarle mis tres últimos billetes de cien. Me los arranca y los mete también en la bolsa de su camisa, luego pone su mano en mi espalda y me empuja al interior de la patrulla.

—Vas de regreso. No hagas ruido que ya se durmió Jiménez y se va a emputar si lo despiertas. Al rato vuelvo —dice en voz baja cerrando la puerta con mucho cuidado.

Jiménez tiene la gorra apoyada sobre la nariz y ronca como un oso. Yo me tiro sobre el asiento de plástico rígido y me acomodo en posición fetal para tratar luego descifrar las transmisiones que se escuchan intermitentes a través del radio de la patrulla. Son conversaciones combinadas con claves policiacas que después de un rato terminan por convertirse en ruido blanco, una especie de marea funesta que arrastra hacia mí pedazos de accidentes, robos y asesinatos. Aprieto los ojos con fuerza y vuelvo a acomodar el pulgar detrás de los dientes para evitar un pensamiento que acecha desde hace rato. Pero de repente, como si fuera una esquirla escondida en alguna parte de la cabeza, regresa a mí una plática que tuve con Joaquín, el chofer de la casa, hace años. Eran vacaciones y, como estaba aburrido de ver tele todo el día, me ofrecí a ayudarlo a lavar el coche de Dalia. Entre un trapazo con detergente y otro, en medio de la plática casual y los demonios que a veces se liberan sin pensar, hizo una confesión: Me dijo haber pasado algunos meses en un reclusorio acusado de abuso de confianza.

Platicó que esos fueron los peores días de su vida: todo el tiempo se sentía en peligro, maldormía apenas tres horas al día, debía cargar con todas sus pertenencias hasta para darse un baño y su estado general era de total incertidumbre. No sabía si iba a estar encerrado una semana o diez años, no tenía forma de saber si al día siguiente amanecería vivo o si lo encontrarían con un cepillo de dientes clavado en la garganta. Con la voz entrecortada me dijo que ese sentimiento era lo más pinche del mundo: ver que tu destino está en manos de alguien más y que muy poco puedes hacer para cambiarlo. En ese momento no me impresionó gran cosa la anécdota, pero ahora empiezo a ponerme en sus zapatos; un miedo que entonces parecía ajeno y que ahora bien puede convertirse en mi día a día.

Aunque un rayo de sol me pega de seco en la cara, no es suficiente para hacerme entrar en calor. Mi mente lleva un rato perdida en un sitio helado, en el fondo de un hoyo de dudas y miedos del que cada vez creo que será más difícil salir. Regreso a mí cuando se abre la puerta de atrás. Es R. Lozano sosteniendo un hotdog, también frío.

—Toma, güero. No le eché catsup porque no sé si te gusta la catsup —dice mascando un chicle con la boca abierta.

—No, paso. No tengo hambre —digo asqueado, tratando de calcular cuánto tiempo ha pasado desde que Harris se marchó.

—¡Dámelo a mí pareja! Yo me lo chingo —le dice Jiménez, todavía adormilado, secándose un hilillo de saliva que le escurre por la comisura de la boca.

R. Lozano me deja ahí, sin esposas y con la puerta abierta, para luego rodear la patrulla y entregarle el hotdog a Jiménez, quien lo recibe con una expresión de amor conyugal. Ambos se ponen a platicar cosas de policías o de matrimonios, tal vez cosas de policías que tienen matrimonios. Pienso en la posibilidad de escapar y trago saliva. Sería fácil, creo. Sólo hay que correr en dirección contraria a la calle hasta llegar a la avenida; una vez ahí, tendría que correr ahora en sentido opuesto al de los autos. No hay forma de que me alcancen en la patrulla y a pie mucho menos. Par de gordos inútiles. A los diez metros de intentarlo caerían muertos por un infarto fulminante. Mi pierna comienza a brincar, alistándose para emprender la huida. "Voy a contar hasta cinco y, si para entonces ninguno de estos idiotas repara en mí, me largo. Chao, hasta la vista *baby*", me digo con decisión.

"Uno Mississippi… dos Mississippi… tres Mississippi… cuatro Mississippi… —ahora son las dos piernas las que brincan— cuatro y medio Mississippi... cuatro y tres cuartos Mi...".

—Oye, güero —voltea de repente Jiménez hacia mí—, yo creo que ya no llegó tu compa.

—Uy, no, yo tampoco creo —dice el otro bajándose de la patrulla para dar la vuelta y cerrar de golpe.

Pum. Se acabó.

—¿Quieres llamarle a alguien para avisar que vas en camino al M.P.? ¿Un abogado? ¿Algún familiar? —pregunta Jiménez, encendiendo la patrulla.

—Denle cinco minutos más, se los suplico —junto ambas manos, haciendo la mímica de un rezo; lo hago con fervor, como si estos neandertales fueran algún tipo de dios tropical de quien depende el orden de las cosas.

Jiménez me mira con hueva, R. Lozano está distraído viendo hacia alguna parte. Entonces dice:

—Oye, ese larguirucho que viene con la chava... ¿Qué, no es tu cuate?

Me abalanzo contra el acrílico de la patrulla para poder ver mejor hacia el punto que señala R. Lozano.

—¡Harris! —suelto en voz alta, embarrando las palmas de las manos sobre la ventana—. ¡Haaarris! ¡Lulú!

Jiménez se baja de la unidad para recibirlos. Camina hacia ellos arrítmicamente, rascándose la nalga izquierda una y otra vez.

R. Lozano dice a manera de confidencia.

—Pos a ver si traen la lana, güero. Igual nomás vienen con la mala noticia de que ya valiste madres.

Lo ignoro, estoy enfrascado en el encuentro. Harris y Lulú hablan con Jiménez, quien manotea un poco y señala repetidas veces hacia la patrulla. Después de unos momentos que parecen interminables, Jiménez camina de regreso hacia nosotros. Su rostro no expresa ninguna emoción, es una piedra. No sé si trae una noticia buena o una mala; una que me va a mandar de regreso al hoyo.

Abre la puerta del conductor, se introduce y, antes de decir algo, dilata sus fosas nasales para olisquear repetidas veces.

—Huele a madres aquí adentro.

—Ha de ser este pinche güero, pareja. ¿Qué pasó?

Luego de una pausa dramática, suelta una frase hermosa, de color rojo y acabado *sunburst*.

—Déjalo bajar, trajeron la lana.

Salgo dando brinquitos para encontrarme con Lulú, pero aún a lo lejos puedo ver cómo arriba de su nariz se forma la característica hilera de arruguitas que indica que está de pésimo humor. Tiene la quijada tensa, no separa los dientes ni para hablar.

—¿Estás bien? —pregunta viendo mi nariz, con asco.

—Sí, sí. Muchas gracias —sonrío grande.

—No me agradezcas nada, yo nada más vine a acompañar a este güey… agradécele a él —señala a Harris, quien le entrega los billetes, uno a uno, a R. Lozano.

—A ver güey… —mira con atención la cutícula de su dedo índice, pasa el dedo pulgar encima una y otra vez, como buscando entre las páginas de un libro pequeñito alguna respuesta—. ¿Es para esto que querías vender a *Woodstock*?

—No mames, flaca, ¿crees que estoy contento? ¡No fue mi culpa!

Volteo hacia atrás para encontrar que Harris ya espera detrás nuestro, con las manos enterradas en las bolsas de sus jeans y la cabeza gacha.

—No te preocupes, güey, te juro que voy a encontrar la forma de pagarte pronto —suelto dándole una palmada en el hombro.

—No, no me tienes que pagar nada —dice apartando su vista de mí, hace una pausa larga, luego balbucea—: hay que pagarle dieciocho mil pesos al padre Eruviel, fue él quien prestó el resto de la lana.

Mierda.

Es fácil identificar lo que motiva a la gente a comportarse de manera despreciable, sobre todo si esa motivación tiene algo que ver con dinero. Hace algunos años el tío Moisés exageró un pequeño altercado que tuvo con el Don con tal de quedarse con la casa que ambos habían recibido como herencia. Se lo advertí a mi padre varias veces, pero como siempre dijo que estaba loco, que cómo se me ocurría pensar que su hermano fuera capaz de clavarle un cuchillo por la espalda. Al final, el tiempo me dio la razón; con la ayuda de un notario muy hijo de puta, el cabrón de Moisés terminó por quedarse con la casa que les correspondía a ambos. No se volvieron a hablar nunca más; así, como si fuera la cosa más natural del mundo, la relación fraternal se fue al carajo por culpa de una casa en Tecamachalco; y no sólo eso, estoy convencido de que fue aquel suceso el que le provocó el derrame a la Bobe.

Igual al tío Moisés es el Padre Diablo. Puedo apostar que le importa una mierda la religión, los mandamientos y cualquier otra cosa con menos sustancia que una canasta repleta de limosnas. Estoy convencido de que hizo el préstamo con la seguridad de que no sólo va a recuperar sus dieciocho mil pesos, sino que obtendrá mil por ciento de interés y de ser posible hasta mi alma.

Ya comienza a anochecer, poco a poco se encienden las luminarias urbanas y en el aire se siente cierta humedad, no creo que falte mucho antes de que se suelte la lluvia.

Harris se despide, según él va en otra dirección; Lulú y yo caminamos en silencio durante unos diez minutos hasta llegar a una avenida donde pasa el microbús que nos acercará al centro de la ciudad. Mientras esperamos, la jalo hacia mí y le doy un beso en la coronilla.

—¡Puta madre, flaca! No sé qué tengo que hacer para sacarme esta maldita mala suerte de encima —ella permanece en silencio, triste; entonces recarga la frente sobre mi pecho—. ¿Me invitas a dormir a tu casa? —pregunto abrazándola con más fuerza. No tengo el temple necesario para dormir en el cuarto de ensayos, hoy no. Necesito reparar el alma durmiendo en una superficie algo más cómoda que un sillón destartalado.

Inmediatamente tensa todos los músculos y luego me empuja hacia atrás con ambas manos, igual como haría un pequeñito que quiere evitar el beso baboso de una tía gorda. Se queda inmóvil, mirándome fijamente, hasta que una gruesa gota de agua le cae sobre la cabeza y la hace reaccionar:

—Ándale, vamos —dice cansada.

Una hora nos toma llegar al departamento de Lulú. Es un espacio chico, decorado casi como si fuera la recámara de una adolescente a la que le gusta el rock: Muchos elementos rosas y muy femeninos combinados con pósteres de bandas y una colección de discos que hasta el más conocedor envidiaría.

—Te prometo que es sólo hoy.

—Quédate el tiempo que quieras —suelta por compromiso.

—Gracias, de verdad.

Me quito las botas y el saco de piel de víbora para colocarlos con cuidado encima del sillón de la sala. Ella sabe que el orden no es mi principal virtud, pero quiero demostrarle que no estoy tan perturbado como aparento.

—¿Te importa si me doy un baño?

—No, vas. Ya sabes dónde es.

La pared de la regadera tiene unos mosaicos diminutos que enmarcan una ventana abatible que apunta hacia un parque. Afuera llueve, así que abro la ventana al máximo. Darse un baño caliente cuando afuera las calles se inundan es una gran forma de engañar al cuerpo, al inconsciente; siempre ayuda a recuperar la sintonía.

Me tallo el cuerpo con tanta fuerza que la piel se me pone de color rosa. Luego permanezco un rato con la cara apuntando hacia la regadera. Aunque duelen los chorros de agua que pegan contra la nariz, el vapor ayuda a disolver los coágulos de sangre.

Salgo de mejor ánimo para encontrarme con que Lulú tiene listos un mac & cheese y una botella de vino barato.

—Imagino que te haz de estar cagando de hambre —dice tirando con disimulo la caja de cartón del mac & cheese al bote de la basura.

Sonrío abrumado y me siento a comer. No digo una palabra hasta no dejar el plato limpio.

—Sólo me voy a quedar hoy flaca, es en serio —suelto al fin.

Toma el plato sucio y dice:

—Eres un pendejo, Tobías Goldstein... ¡Y eso también es en serio! —las mejillas se le tornan rojas y ya se forman otra vez esas pequeñas arruguitas en su frente—. ¿Qué estás pensando?, ¿que me quiero casar contigo porque te preparé la cena? ¡No mames, güey! Ni que estuviera loca. Yo sé que tus aspiraciones son mucho más grandes, como encontrar tu "portentoso bastión", ¿no? Piensas que de esa pinche guitarrita depende toda la felicidad del mundo, ¿verdad? No-chin-gues Tobías —da media vuelta y avienta el plato al interior de la tarja con tal fuerza que me sorprende que no se haya partido en dos.

Dejo caer la frente sobre la mesa haciendo saltar un poco los objetos que descansan encima.

—Mira Lulú, discúlpame si te ofendí, no era mi intención. Estoy hecho mierda, y mañana no creo tener un día fácil, ¿te importa si ahí dejamos la discusión? Necesito dormir.

—No, claro que no. Pero nada más déjame aclarar una cosa: tú fuiste quien me pidió asilo, ¿okey? De ser por mí, estaría en pijama viendo una película —la escucho resoplar con fuerza mientras se va caminando a lo largo del pasillo.

Me levanto para ir hacia el librero y distraerme con la colección de discos que llena toda la pared. Hay algunos plomos, pero la mayoría son títulos de colección: *Live in Cook County Jail* de B.B. King, el *Moaning in the midnight* de Howlin Wolf o *Tres Hombres* de los barbudos de ZZ Top. Cientos de joyas musicales. Mataría por tener al menos la mitad. Momentos después, reaparece Lulú con una cobija que avienta encima del sillón. Trae su pijama puesta: *shorts* pegados y una vieja playera de Violent Femmes que deja ver su ombligo y con la que se transparentan sus pechos, mas no es eso lo que me hace pasar saliva, sino sus pies descalzos; un fetiche difícil de explicar, pero que creo es bastante ordinario.

—¿Necesitas algo más? —pregunta todavía de mala gana.

—No, muchas gracias flaca —digo pensando lo bien que me vendría un Baba Ganoush.

—Bueno, pues que descanses —da media vuelta y se marcha rumbo a su habitación.

Deambulo alrededor de la sala durante un rato hasta que me dejo caer encima del sofá; a pesar de ser un mueble prearmado estilo Ikea, me parece más lujoso y confortable que una cama en el St. Regis.

Estoy sentado en una horrorosa silla de lámina en la oficina parroquial esperando a que llegue el Padre Diablo. Detrás del escritorio está la gorda que me prestó los veinte pesos, hace como que trabaja con una calculadora. Tiene la cara aperlada de sudor a pesar de que es una mañana fría, seguro a causa del sobrepeso o de la menopausia, aunque de ser por la menopausia la encontró bastante tarde. De vez en vez toma un pequeño descanso para echarse aire con un sobre de papel manila y para mirarme con mal gesto. Giro la cabeza para encontrar que la ventana por donde intentó meterse Carlicero ahora tiene unos barrotes de hierro forjado. ¿Qué habrá sido del pobre zanate?

Luego de minutos que parecen horas, llega el Padre Diablo, quien al verme sonríe como si hubiera encontrado un costal con dinero encima de la silla.

—¡Mira nada más a quién tenemos por aquí! —dice extendiendo los brazos, al igual que un Cristo crucificado.

Sonrío parco, sin levantarme.

—Buenos días padre. Antes que nada, muchísimas gracias por su ayuda. Vengo a proponerle un esquema de pagos.

Acomoda sus nalgas sobre el escritorio de manera que queda muy cerca de mí.

—Quiero que me pagues trabajando para la parroquia. Por lo que he oído, eres un alma descarriada y sería muy irresponsable de mi parte no retenerte con nosotros... Te quiero ayudar Tobías, hijo.

Sujeto la base de la silla con ambas manos y me arrastro hacia atrás, provocando un chirrido que hace a la gorda apretar los ojos.

—No, no. No estoy buscando trabajo. Sólo quiero encontrar la forma de regresarle sus dieciocho mil pesos.

Voltea a ver a la gorda, quien levanta las cejas con gesto burlón, luego dice:

—A ver, hijo... Me parece que no estás entendiendo. Vas a tomar clases de catecismo, también tocarás la guitarra en misa y ayudarás con el mantenimiento. De lo contrario veré la forma de mandarte a la cárcel, así de fácil.

La primera guitarra del mundo

Cuando David Gilmour vio esa guitarra no lo podía creer y es que, en la parte trasera, sobre la placa que divide el cuerpo del brazo, tenía grabado el número de serie 0001. Se sirvió un bourbon, bebida que comenzó a tomar a partir de la gira de *The dark side of the Moon,* le pegó un trago largo y le dijo a Phil Taylor, su técnico personal:

—Quiero esta guitarra... No, mejor dicho: *necesito* esta guitarra. Te doy lo que me pidas —Phil no pudo ocultar la sonrisa grande, sabía muy bien que esa Stratocaster estaba lejos de ser la primera de la serie porque ya lo había investigado previamente con el mismísimo Leo Fender. La primera guitarra de esa línea se construyó en marzo y ésta, al parecer, se fabricó seis meses después. A David no le importó esta nimiedad cronológica. Para él no hubo una guitarra antes ni mucho menos otra después de la 0001.

Esa misma noche, en el jardín de su casa en West Sussex, David realizó una ceremonia extremadamente íntima. Se bebió media botella de bourbon acompañada por un poco de LSD, combinación que como siempre lo transportaba a otro plano, esta vez a un universo que había tenido su origen en aquella guitarra: los planetas, la vida misma, esa primera molécula que evolucionó durante millones de años hasta culminar en ese preciso instante. Su percepción estaba a tope y sus pupilas dilatadas, incluso llegó a concluir que también Dios provenía de aquel instrumento aperlado. Entonces se hincó, pegó la frente sobre la tierra y le prometió a la 0001 que dedicaría la vida entera a rendirle culto.

Mi nuevo hogar es un cuartucho a un lado de la oficina, no mucho más grande que el asiento trasero de una patrulla. Sólo cuenta con un catre y una pequeña caja de madera que hace las veces de buró y de armario. Por supuesto que esa precariedad no tiene como objetivo convertirme en asceta, sino ahorrar en gastos. Llevo dos semanas tocando en misa, ayudando con la limpieza y tomando clases de catecismo, todo por sólo trescientos pesos semanales. Soy una anémona, un descerebrado incapaz de sentir y pensar cuyo único talento es dejarse llevar por la corriente.

Como parte de mis labores también debo reacomodar las sillas después de cada misa y limpiar el baño que comparto con alrededor de doscientos feligreses que asisten a diario, eso sin mencionar el bestial incremento de afluencia los domingos. Nunca hubiera esperado que personas religiosas, que vienen a una iglesia a rezar con el propósito de convertirse en mejores seres humanos, dejen un baño en estado tan lamentable. Hace dos días tuve que despegar un condón tirado junto al WC después de la misa de doce.

Nunca me he considerado un tipo religioso: uso electricidad los sábados, nunca llevé patillas largas y ni siquiera asistí a una escuela judía de niño. Tan sólo fui educado bajo los preceptos del judaísmo que he seguido más por convención que por un tema de fe, pero al ver la doble moral de los católicos, quienes asisten a misa para escuchar la palabra de Dios mientras están pensando en escaparse al baño a comerse un Baba Ganoush, me hace reafirmar que estoy en el bando correcto. En realidad, no soy parte de ningún bando, es sólo que me cuesta trabajo entender a los católicos. Para ellos, el mundo físico es algo que debe ser evitado a toda costa por lo que deben hacer todo a "escondidas". María, la mujer católica más sagrada de todas, es retratada como una virgen; los curas y los monjes son confinados a monasterios remotos con tal de procurar su celibato, cuando en realidad están generando más pederastas que ninguna otra congregación; su Dios los observa y juzga a cada instante. Y bueno, qué decir del Padre Diablo: un verdadero gángster al que le importa un carajo la fe y no tiene ningún inconveniente en salir a predicar alcoholizado. El cristianismo parte del supuesto de que todos somos depravados y pecadores desde el nacimiento; el judaísmo, en cambio, dice que el hombre es creado a semejanza de Dios y por eso es capaz de encontrar lo divino en él y en los otros. El Don siempre nos decía que si una persona tiene la oportunidad de probar una fruta nueva y se rehúsa a hacerlo, tendrá que rendir cuentas de ello en el mundo venidero. Creo que esa enseñanza forjó un poco mi personalidad: aunque comí todas las frutas que encontré en casa de mis padres, nunca logré saciar mi hambre.

Sentado en la cama me pongo a interpretar *Paper Cuts* con la guitarra de Paracho con la que toco en cada misa. Es una canción casi tan triste y dolorosa como la de *Abrazada a ti en tu cruz*. Tan triste que de repente siento lágrimas escurrir por mi cara cuando entono su letra, con voz muy bajita para que nadie que pase por afuera alcance a escuchar. Estoy más lejos que nunca de encontrarme, de encontrar la guitarra Jaguar, de revelarle al mundo mi grandeza y de todo lo que soy capaz. *Sometimes I can't find my way*. Estoy tan sumergido en el sentimiento que casi no me entero de que llevan un rato tocando a la puerta. Dejo la guitarra sobre la cama, me limpio la cara con el antebrazo y corro a abrir. Es Caleb, el monaguillo de treinta y tantos años.

—Oye… Me dijo el padre que te pidiera que le des una lavadita al carro de su mamá —dice casual, rascándose un sobaco y extendiéndome las llaves.

—¿Qué? ¡Son las nueve de la noche!

Lanza las llaves encima de la cama, se encoje de hombros y dice antes de salir:

—Parece que mañana viene su jefa a recogerlo temprano y por eso quiere que lo encuentre bien limpiecito.

Con el sentimiento de que el corazón se me marchita a cada segundo que paso en este lugar, me dirijo al baño a recoger mis herramientas de trabajo: una jerga, una cubeta llena de agua y una bolsa de detergente Roma que llevo hacia la calle. Ojalá bastara con saldar mi deuda para poderme largar, pero el Padre Diablo ya me dejó saber que mi deuda no es sólo monetaria.

Aviento la jerga sobre el auto como si con ella pudiera aplastarlo y acabar mediante ese acto con todo lo que representa este lugar para mí.

Es otoño y, como siempre en otoño, el frío está del carajo. A pesar de que el aire sopla fuerte, no es capaz de arrastrar las densas nubes que cubren el cielo y que parece que de un momento a otro se van a venir abajo. Me duelen los dedos cada que hundo la jerga en la cubeta, así que para entrar un poco en calor intento hacer el lavado todavía más enérgico. Al final no resisto más y corro a mi cuarto a buscar un suéter. Unos metros antes de llegar me doy cuenta de que la puerta se encuentra entrecerrada y un halo de luz escapa por la orilla. Considero la posibilidad de que haya sido un descuido, pero hago un repaso mental a través del cual me convenzo de haber apagado y cerrado bien. Me acerco en silencio para pegar una oreja a la puerta de lámina y escucho ruidos en el interior. Sin más, lanzo una patada que hace chocar la puerta contra la pared provocando un ruido que retumba por todo el lugar.

Agachado, urgando adentro de mi maleta, encuentro a Caleb, quien se reincorpora de un salto.

—Discúlpame, manito, pero se perdió el ostensorio y se me ocurrió revisar entre tus cosas a ver si de casualidad estaba por ahí —dice tragando saliva, recargándose contra la pared.

Entro con cautela para descubrir que mi ropa está regada por todos lados. Aprieto los puños de las manos como para golpearlo, pero me doy cuenta de que yo tengo miedo también, siento mi corazón latir con fuerza. Nadie necesita robar tanto como yo, así que es obvio que de ahora en adelante me convertiré en el principal sospechoso de todas las desgracias que ocurran en este maldito lugar. Aviento la ropa de vuelta a la maleta y el tipo me mira sin saber qué hacer, luego tomo asiento sobre la cama.

—¿Qué putas es un *ostontorio*?

—La madre esa, disque de oro, donde se pone al Santísimo.

—¿Y no se supone que lo guardas en la oficina después de cada misa?, ¿bajo llave?

—Pues lo guardé hoy después de la misa de cuatro y hace rato que abrí para lavar el caliz ya no estaba.

—¿Y ya sabe el padre?

Se cubre la cara con ambas manos, dobla las rodillas y se reclina hacia el frente.

—No, no mames… Nos va a matar a todos si se entera.

—No nos va a matar a todos… Sólo a mí —miro hacia el foco desnudo que cuelga del techo y descubro que hay un pequeño bicho que vuela alrededor. Está tan desorientado como yo y de vez en vez se estrella contra el foco. Me paro a toda prisa y digo fingiendo optimismo—: no te preocupes. Lo tenemos que resolver.

Caleb es un tipo flaco, moreno y lleno de tatuajes muy mal hechos con tinta azul. Según me contó Esthercita, la gorda que le ayuda con las finanzas al Padre Diablo, es un ex drogadicto que el padre rescató. Le robaba a su mamá para comprar droga y estando drogado la golpeaba hasta dejarla casi siempre inconsciente. En una de ésas se le pasó la mano y la mamá tuvo que denunciarlo en la policía para salvar la vida de ambos. Pasó cuatro años en la cárcel, donde conoció al Padre Diablo, quien llegó a dar algunas misas ahí y lo convirtió al catolicismo. A partir de entonces el tipo se transformó de delincuente a corderito: ahora no toma una gota, no se droga y el poco sueldo que recibe se lo entrega íntegro a su "amada madrecita santa".

Una vez en la oficina, Caleb abre otra vez el mueble de madera para constatar que el *ostontorio* ya no está. No sé si esperábamos que el objeto de sesenta centímetros de altura reapareciera de forma mágica, pero en efecto la cosa no está en su lugar.

—¿Además de ti, quién más tiene llave?

—El padrecito, nomás —dice todavía revolviendo los objetos que hay en el interior.

—¿Y no es posible que él se lo haya llevado?

—No. Se fue apenas acabó la misa, me dijo que tenía un compromiso.

—¿Y la gorda Esther? —pregunto viendo la ventana y los barrotes, pensando en Carlicero.

—No, ella nomás tiene la llave del cajón donde está la lana y se fue un poco después que el padrecito.

—¡Pues claro que se fue poco después del padrecito! Se deben haber ido juntos a un motel —el tipo abre grandes sus ojos y finge no haber escuchado, como si apenas se estuviera enterando de que los monstruos existen—. Pues tenemos dos opciones: o le preguntamos al padre si se lo llevó él o nos ponemos a conseguir un *ostontorio*, pero en un miércoles a las nueve y media de la noche no va a ser fácil.

—Ostensorio.

Decidimos separarnos: yo iré al Centro Histórico a recorrer la calle que se encuentra detrás de la Catedral, donde hay decenas de tiendas en las que venden artículos religiosos. Con suerte encuentro una que todavía esté abierta o donde se hayan quedado a hacer el inventario.

Caleb queda en ir a visitar un par de parroquias vecinas para ver si alguien le presta otro *ostontorio* que nos ayude a matizar la furia del Padre Diablo.

Llego a la estación Zócalo a eso de las diez y cuarto, hay más gente de lo que hubiera esperado. Personas que se ven cansadas, algunas por terminar un largo día de trabajo y otras cansadas de vivir. Me imagino que por eso hay tanta gente que se tira a las vías del metro: llegan a un punto en el que no resisten más o descubren el sinsentido de su existencia.

Camino a lo largo de Guatemala, una calle tan oscura que casi no alcanzo a ver a una rata envalentonada que se atraviesa enfrente de mí para luego hundirse en un hoyo que se hace entre dos losetas. Cruzo los brazos para frotarme y entrar un poco en calor y compruebo angustiado que no queda una sola tienda abierta. Además, la mayoría de los aparadores están protegidos por cortinas metálicas. Todos excepto uno, que también tiene cortina metálica, pero se distingue de los otros porque al centro cuenta con barrotes horizontales que permiten ver al interior de la tienda. Me detengo a observar. Hay maniquíes con trajes de obispo, copas, cruces, velas, imágenes enmarcadas y sin enmarcar del papa Francisco y también, muy cerca de mí, hay un *ostontorio*. Es dorado y parece tener algún tipo de pedrería incrustada, es perfecto. De todos los objetos que están en el aparador, ése es el único lo suficientemente angosto como para salir a través de los barrotes. Recorro a toda velocidad la calle en búsqueda de algo que me ayude a romper el vidrio. Entre un montón de basura apilada encuentro una escoba rota. La tomo y empiezo a hacer figuras con ella en el aire, como si se tratara de una espada con la que puedo destruir a todos aquellos que se han interpuesto en mi camino: el Padre Diablo, Salvatore, Carlicero, los idiotas del Albatros y hasta el mismísimo Don. Cada que agito la espada y rasgo el aire con ella, provoco silbidos que me hacen sentir poderoso, imparable.

Una vez enfrente del aparador de Casa del Ángel volteo en todas direcciones para comprobar que no haya nadie cerca. Sólo veo a un borrachín a lo lejos que zigzagea y grita incoherencias:

—¡Te pedí que le dijeras a tu hermana que yo me iba a hacer cargo! Por eso no prosperamos chingadamadre. ¡Puto presidente, vales madreee!

Sin más, estrello el vidrio usando el palo de escoba. Al instante se activa una alarma en el interior. Desesperado, usando todas mis fuerzas, comienzo a embestir la mica protectora una y otra vez con la punta del palo, como si se tratara de un ariete. Después de unos instantes que parecen eternos, logro traspasar mi objetivo haciendo un pequeño hoyo, así que no tengo más remedio que arrancar los pedazos de vidrio que hay alrededor. La sirena suena cada vez con más fuerza o eso parece. El aire me falta, imagino que un ejército de polícias viene hacia mí, pero no me atrevo a voltear, en parte, por miedo, y en parte, porque prefiero concentrarme en lo mío y no perder ni medio segundo. Como si se tratara de un zorro aventándose salvajemente al interior de una madriguera para capturar a su presa, al fin logro sacar la cosa esa por la ventana, pero no así por los barrotes: la base es un poco más ancha de lo que calculé. El ruido de la sirena me lastima los oídos y de reojo llego a notar cómo algunas ventanas que antes estaban apagadas se comienzan a encender. Ahora los gritos del borracho suenan detrás de mí.

—¡Es el fin del mundooo! No fue tu tía quien se robó mis latas de atún… ¡Fue el gobierno, José!

Izquierda, derecha, arriba, abajo. Pruebo girar el *ostontorio* de mil formas hasta que al fin logro arrancarlo del interior de la tienda. No es hasta ese momento en que noto que tengo sangre por todas partes. Tomo aire, cierro los ojos y volteo preparado para enfrentarme a la más monumental redada policial que se haya visto en la historia, pero sólo encuentro al borrachín que se tambalea y grita con desesperación:

—¡Dioooos, perdóname! ¡Soy un pecadoooor!

Alzo la cosa por encima de mí, como si se tratara de un trofeo al hombre más intrépido y estúpido del mundo, y dejo escapar un grito de euforia que hace al borracho dar dos pasos atrás y resbalar. Tengo la adrenalina a tope.

Por debajo de la alarma escucho un silbato, así que giro para encontrar que al otro extremo de la calle un guardia de seguridad corre hacia mí blandiendo una macana.

—¡Alto ahí!

No estoy dispuesto a tratar de nuevo con la policía, así que corro tan rápido como me dan las piernas y durante cuadras y cuadras. Corro tan rápido que no me entero de en qué momento lo pierdo. Cuando siento el pecho a punto de reventar, encuentro una cafetería a la que me introduzco rápido. Una vez dentro, identifico el baño, así que me meto ahí también y para mitigar al máximo cualquier riesgo me introduzco dentro del cubículo del WC, el cual vuelvo mi escondite final.

Estoy empapado en sudor, me tiemblan las piernas, tengo las manos y brazos llenos de sangre y a pesar de todo me siento feliz.

Luego de unos diez minutos logro recobrar el pulso: tiempo suficiente como para estar seguro de haber perdido al policía, aun así salgo con cautela del cubículo. Un viejito que acaba de orinar me mira alarmado, no debe ser común encontrarse con un tipo rubio de 1.80 cm de altura, lleno de sangre y sosteniendo un *ostontorio*, así que me esquiva y sale a toda prisa mirando al suelo.

Una vez solo, me limpio la sangre en el lavabo y descubro que tengo las manos repletas de pequeñas e incontables cortadas que cada vez arden más. La vida puede ser muy hija de puta, apenas hace unas horas estaba sentado en mi cama tocando *Paper Cuts*. El chorro de agua provoca que la herida más profunda se reactive, así que justo en el pellejo que está entre el dedo índice y el pulgar, la sangre empieza a borbotear. Tomo unas cuantas toallas desechables para envolver la herida y otras más que humedezco y utilizo para limpiar el *ostontorio* que también está todo manchado por el rojo y espeso líquido. Al limpiarlo, encuentro que la chapa de oro está repleta de rayones que revelan su verdadera constitución.

Abotono el saco de piel para disimular las manchas de sangre que cayeron sobre el suéter y salgo del baño con muchísima cautela. A pesar de que estoy preparado para volver a correr en caso de ser necesario, todo se mira en paz. Sólo hay un par de mesas con gente, las demás se encuentran vacías. Coloco la cosa sobre el piso y me siento a esperar a que me atiendan. Luego de un rato se acerca una mesera con copete cilíndrico, quien no puede evitar fruncir el ceño al notar la mano cubierta por toallas de papel.

Toma la pluma que descansa sobre su oreja y remoja la punta en su lengua, lista para tomar nota:

—¿Qué vas a ordenar?

Hundo la mano que tengo menos lastimada para sacar mi cartera y revisar en su interior.

—¿Cuánto cuesta un vaso de leche?

Mira la mano cubierta por las toallas de papel, me mira a mí, luego vuelve a ver la mano. Se queda observándola por unos instantes, como considerando qué hacer ante una situación así, aunque la realidad es que no considera nada. Lo único que le interesa en la vida es que yo me tome rápido el puto vaso de leche para poder largarse a su casa.

Dice de mala gana:

—Veinte pesos.

—Tráigame uno, por favor.

—¿Qué más vas a ordenar? Ya va a cerrar la cocina.

—Nada más. Gracias.

Aprovecho que la mesera se aleja para revisarme la mano: las que antes eran toallas blancas ahora son todas rojas, así que tomo un fajo de servilletas de la mesa y remplazo la curación.

No he terminado el vaso de leche cuando las servilletas se llenan de sangre también. Empiezo a sentir miedo, por no decir terror. Las manos son lo único que tengo, son mi principal herramienta de trabajo. Tal vez no cuente con un título de licenciado, ni mucho menos con uno de cardiólogo, pero mis manos son capaces de crear magia. Al menos en potencia, claro.

Me aprieto la muñeca con la otra mano, según yo con el objeto de parar la sangre, pero lo único que logro es que la sangre ahora escurra en un chorro continuo.

—¡Puta madre! —suelto en voz alta.

Llego al Centro Médico seguro de que me van a atender de inmediato, pero nada más lejos de eso. Me hacen tomar una ficha, llenar un registro interminable y esperar turno.

Siempre supe que los hospitales públicos carecían de algunas comodidades, pero esto es ridículo, francamente inhumano. No es posible el estado en el que se encuentra el que, se supone, es uno de los hospitales más importantes de la ciudad. La sala de espera de emergencias parece una central de autobuses repleta de pasajeros a punto de realizar un viaje al infierno. Los más afortunados dormitan en sillas de plástico, el resto sobre el piso, a lo largo de los pasillos de loseta color verde pistache: viejos, niños, hombres, travestis, todos con los rostros grises y ojos de sueño que estoy seguro no encontrarán descanso en este lugar; es un verdadero circo del terror. El tipo que sacó una ficha antes de mí trae prácticamente un ojo de fuera y aunque apenas se lo detiene con un pañuelo, también lo mandaron a esperar. A un niño de tres años no le deja de salir sangre por la boca, pero no es sangre como la que sale de mis manos, la suya es de color más oscura, casi negra. Sus papás le pegan cachetadas para evitar que pierda el conocimiento. Un viejito con un sombrero de paja sobre la panza está tirado en el piso sufriendo unos espasmos, no estoy seguro, parece envenenado. Hay una señora gorda que llora a gritos afuera de una puerta abatible y aun así el personal médico parece no enterarse. Nadie existe en este lugar, salvo los empleados, todos los demás somos espectros que esperan tener un golpe de suerte y que alguien se haga consciente de nuestra presencia. Lo único positivo es que de mi mano ya no escurre un chorro de sangre sino un goteo esporádico; tal vez lo mejor sea largarme de una buena vez.

Cuando estoy listo para salir, encuentro una esquina desocupada junto a una máquina de café que alguna vez despachó bebidas calientes por sólo cinco pesos. Me dejo caer ahí. Ese lejanísimo aroma a café ayuda a hacer un poco más tolerable el ambiente. "No soy invisible... soy Tobías Goldstein —repito en mi cabeza—. Soy Tobías Goldstein, soy Tobías Goldstein. Soy Tobías Goldstein, cantante de los Heartbeasts y próximo patrono de la guitarra Jaguar".

Me entretengo viendo a un médico pasante que parece no entender cuál es su papel en ese sitio: camina desesperado de un lado a otro sin esa determinación que caracteriza a los médicos con años de experiencia. No creo que sea mucho más grande que yo, una edad similar a la que tenía

León cuando realizó su pasantía. No entiendo cómo es que mi hermano aceptó enrolarse en un hospital público. Nunca me dio muchos detalles de su trabajo porque durante esa época nos veíamos muy poco y, sobre todo, y hasta ahora lo entiendo, porque cuando no estaba en el hospital lo último que quería era hablar de lo atroz que era vivir ahí dentro. Estoy seguro que no la debe haber pasado nada bien.

Una señora de aspecto humilde y con los ojos escurriendo lágrimas se acerca hacia el *ostontorio* que coloqué entre mis piernas y se hinca enfrente. Luego se persigna y se pone a rezar, como si fuera la cosa más natural encontrar una cosa de esas sobre el piso de la sala de espera de un hospital. No sé cómo reaccionar, me siento muy incómodo, así que me levanto para ir a buscar un baño e intentar mear.

A mi regreso encuentro que ahora son tres señoras las que rezan un rosario alrededor del objeto religioso. Por fortuna las tres rezan con los ojos cerrados, por lo que puedo extraerlo con discreción para mudarme a otro sitio. Ahora me coloco cerca de la puerta abatible en la que lloraba la mujer a gritos. Pongo la cosa otra vez sobre el suelo y la cubro con mi saco de piel para evitar que se acerquen más fanáticos.

Horas después una voz femenina me hace despertar de un letargo:

—¡Mil cuatrocientos once! ¡Fi-cha mil cuatrocientoos onceee! —a toda prisa saco el papelito que guardo en la bolsa del pantalón para constatar que ése es mi número.

—¡Soy yo!

Debe de haber unos cincuenta cubículos donde se atienden las emergencias, dispuestos unos junto a otros formando una especie de caballeriza. Lo único que los separa son cortinas laterales de color azúl clínico. Todos están apenas equipados con una camilla y un gabinete que cuenta con el material básico de sutura y curación. Me hacen esperar otra vez ahí, sentado sobre la camilla. Mis pies cuelgan en el aire y los balanceo un poco, acción que me debe hacer ver como un niño indefenso.

Después de un rato se aparece el médico pasante que venía observando un rato atrás.

—Buenas noches... bueno, ya casi días —se coloca unos guantes de látex y dice—: soy el doctor Hernández. ¿En qué puedo ayudarlo?

Trago saliva al darme cuenta que voy a ser atendido por un aprendiz.

—Tuve un accidente con un vidrio —le digo vacilante, al tiempo que extiendo mis manos hacia su cara.

—A ver, a ver... déjeme revisar —toma un bote del gabinete y avienta un chorro de líquido sobre la servilleta que tengo en la mano para poderla despegar. El ardor hace que me despierte por completo.

Con unas pinzas, quita la servilleta y la sangre vuelve a brotar.

—Hummmm —suelta girando mi mano; primero hacia arriba, luego hacia abajo—, ¿a qué se dedica?

—Soy músico —vuelvo a tragar saliva—. Toco la guitarra.

—Uy, no.

—¿Cómo que "uy, no"? —suelto alarmado.

—Tiene una herida muy profunda... Temo que se haya lesionado un abductor.

—¡Un abductor! ¿Qué chingados es eso?

El tipo me mira con mala cara. A pesar de su corta edad, su trato y su expresión son las de un señor. Es evidente que le molesta mi exceso de confianza.

—A ver... Mueva el dedo pulgar —muevo el pulgar repetidas veces y sin ningún dolor—. Ahora el índice, por favor.

Mis ojos y mi boca se abren grandes al darme cuenta que casi no puedo mover el dedo.

—Sí, parece ser el abductor transverso. Lo voy a suturar para detener la hemorragia, pero quiero que sea consciente de una cosa: hasta que no se haga una cirugía reconstructiva el movimiento de su dedo va a ser muy, muy limitado.

—No, no, no... ¡No me chingues! ¡Yo vivo de tocar la guitarra, soy un artista famoso! No me digas eso, por lo que más quieras... ¿No me puedes reconstruir aquí? —escupo haciendo el esfuerzo de no entrar en pánico.

—No, señor. Usted no es derechohabiente. Aquí sólo podemos tratar la urgencia y, por favor, sáquese el dedo de la boca, le voy a revisar la otra mano.

Echo la cabeza hacia atrás buscando a ese maldito Dios que me observa desde los cielos con una risa burlona, pero lo único que encuentro es un creciente problema de humedad que comienza a formar una gruesa capa de sarro.

Salgo del hospital a eso de las seis de la mañana, apenas el tiempo suficiente para comprar algo de comer y llegar para la misa de ocho.

Sostengo el *ostontorio* con la mano que tengo menos jodida, la otra la llevo guardada en la bolsa de mi saco, como si al ocultarla negara lo ocurrido. Dicen que si un árbol gigante cae en medio del bosque y no hay nadie cerca que haya presenciado el derrumbe, en realidad no produjo ningún ruido. No me imagino que exista un árbol más cabrón que éste, es uno monumental y de momento quiero creer que ni siquiera yo estuve en los alrededores cuando se vino abajo.

Un sol tímido comienza a asomarse detrás de los edificios, después de lo sucedido no tiene los cojones para acabar de salir. Me detengo para poner la cosa sobre el piso y abotonarme a una mano. En ese momento un perro callejero se detiene metros más adelante para cagar a media banqueta, le lleva pocos segundos regalarme una caca espesa y humeante. El perro la olfatea complacido, luego me lanza una mirada nerviosa y se echa a correr.

Antes de abordar el metro compro un litro de leche y un paquete de galletas Oreo que engullo a lo largo del trayecto. Cinco galletas y medio litro de leche más tarde me quedo profundamente dormido. Despierto hasta que llegamos al final de la línea y una señora me golpea la rodilla con una bolsa del mercado. Abro despacio los ojos para encontrar a dos niños que me observan intrigados. Al darse cuenta que estoy despertando, salen corriendo en dirección al andén. Si por dentro estoy hecho un harapo, no quiero ni imaginar lo jodido de mi aspecto.

El día que *Lucy* conoció Guadalajara

—¡Mi amooor, te hablaaan! —gritó Lupita para sobreponerse al fuerte ruido que producía el vapor que escapaba de la olla a presión—. Es un gringo, dice que se llama George —agregó asomándose a través del marco de la puerta con el teléfono en mano.

Aunque Miguel estaba metidísimo viendo un partido del Oro de Jalisco, se levantó rápido para contestar. Pensó que la llamada tenía algo que ver con su hermano José, quien se fue a buscar suerte a Estados Unidos y del que no tenía noticias hace ocho meses.

—¿Aló? —dijo tapándose el oído con un dedo para escuchar mejor.

—¿Miguel?

—Sí. Soy yo. ¿Quién habla?

—George. George Harrison.

La mente de Miguel comenzó a girar a toda velocidad. ¿Quién era ese George Harrison que el nombre le sonaba tan familiar? El único George que conocía en el gabacho era su primo George Zapata, quien trabajaba en un restaurante de comida china en Chicago.

Salió de la cocina, estirando el cable del teléfono lo más posible y apretó los ojos como si con eso pudiera escuchar mejor.

—¿Quién?

—George Harrison, guitarra de Los Beatles.

Miguel comenzó a reír ante lo que pretendía ser una pésima broma.

—Hace tres meses compraste una Les Paul en el Whalin's Sound City que está en Sunset Boulevard, ¿correcto?

—Correcto —respondió intrigado; más por la precisión del dato de la compra, que porque su interlocutor quisiera hacerse pasar por un músico famoso.

—Se llama *Lucy* y es mi guitarra favorita. Unos ladrones se la llevaron de mi casa y parece que la remataron ahí por unos pocos dólares; ellos a su vez te la vendieron a ti y ahora yo necesito recuperarla.

—¿De verdad eres George Harrison? —preguntó tragando saliva, haciéndole señas a Lupita para que hiciera algo para silenciar la olla a presión.

—Sí, lo soy.

La pasividad en el tono de voz y el suave acento liverpolita fueron todo lo que necesitó Miguel para confirmar su identidad. Se quedó un momento en silencio, convencido de que se le acababa de abrir una oportunidad enorme, una en un millón.

—La verdad es que me encanta esta guitarra, George. Es la mejor que tengo.

—Claro que es la mejor que tienes. No hay otra. ¿Cuánto quieres por ella?

Miguel se estiró de nuevo, esta vez para desconectar el cable del televisor con la punta del pie; cuando todo quedó en silencio, preguntó con una gran sonrisa.

—¿Cuánto estás dispuesto a pagar?

—Todo. Si quieres puedo darte todo lo que tengo.

Llego corriendo a la parroquia diez minutos antes de las ocho de la mañana con la idea de ir directo al altar a dejar el *ostontorio*. Con muchísima suerte al Padre Diablo también se le hizo tarde.

Entro por la puerta trasera intentando no hacer ruido, esquivo la pila bautismal y poco antes de subir el escalón que conduce al altar alcanzo a ver que el *ostontorio* perdido ya no está perdido, está ahí, como todos los días.

—¡Tobías! —escucho la voz del Padre Diablo venir desde el otro extremo de la parroquia—, acompáñame a la oficina, por favor.

Aviento la cosa debajo del mantel del altar y camino hacia la oficina en un estado cercano a la muerte, como si mi sistema emocional hubiera sufrido un choque que hizo a los fusibles reventar. Ya no importa nada.

—¿Dónde puta madre estabas, cabrón? —vocifera el padre mientras se pone la sotana—. Caleb y yo tuvimos que acomodar las pinches sillas porque no te dio la gana venir a chambear temprano.

—Discúlpeme padre —digo vacío.

—Nada de "discúlpame", ¡huevón! No te pido mucho, tú sabes que no te pido mucho —se desinfla al descubrir que tengo una mano cubierta con vendas.

—¿Y eso?

Me miro la mano con sorpresa, por unos minutos me olvidé de ella.

—¿Esto? Ah, hum… no es nada. Sufrí un accidente y tuve que ir al hospital.

—¡Puta madre! Espero que no hayas roto nada —suelta haciéndose el chistoso. Luego se queda un segundo quieto, analizándome de arriba abajo—. ¿Y supongo que no tendrás pedos en tocar, verdad? Porque escencialmente para eso te tenemos aquí.

Levanto las dos manos a la altura de mi cara para verlas por delante y por detrás, buscando una respuesta. Luego las bajo despacio, agacho la mirada y paso saliva.

—Humm… Vale madres —dice acomodándose el alzacuellos.

En ese momento se asoma Caleb por el marco de la puerta, ya ataviado con su estúpido traje de monaguillo.

—Disculpe padrecito, pero ya son las ocho. Es hora de empezar —el muy bastardo no tiene los tamaños de verme a los ojos. Todo el tiempo dirige la mirada al suelo y apenas acaba la frase cuando sale corriendo como el cagueta que es.

—Terminando la misa veremos qué hacer contigo, espérame aquí —me dice el padre, entonces toma la Biblia que descansa sobre el escritorio y le da un beso fervoroso.

Una vez solo, vuelvo a levantar la mano para tratar de marcar una cejilla en una guitarra invisible. El dedo es incapaz de moverse, pero el intenso dolor que genera el intento me hace pensar que todo mi cuerpo y todo mi espíritu se concentran ahí.

Sin más, tomo el teléfono que descansa sobre el escritorio para marcar a casa de mis padres. Tengo que hacer un esfuerzo mental por recordar el número, la memoria que tienen los teléfonos celulares me ha hecho prescindir de esa facultad.

El corazón me late con fuerza.

—Sí. ¿Bueno?

—Concha, soy yo. No le digas a nadie que estoy marcando. Escúchame bien, necesito pedirte un favor.

La mujer permanece un momento en silencio, no sé si porque le cuesta trabajo reconocer quién habla o porque alguno de mis padres está cerca, lo cual es probable. Es la hora en que el Don está en el desayunador leyendo el periódico y tomando su café negro.

—Sí, sí. Dígame.

—Me imagino que mi Bobe sigue en su cuarto, ¿verdad?

—Sí, así es.

—Bueno… Llévale el teléfono. Necesito hablar con ella, por favor.

—¿Quién es? —escucho que pregunta una voz masculina un poco más a lo lejos.

Concha cubre la bocina con los dedos y responde nerviosa:

—Es una amiga de la señora Ruth, dice que quiere hablar con ella.

Reconozco al fin la voz del Don, quien refunfuña y dice algo que no alcanzo a entender.

—Un segundito, señora —me dice—, en un momento se la comunico.

Imagino el recorrido que hace Concha Tórtola: sale del desayunador, camina por el pasillo junto al ventanal que da al jardín japonés, quiebra a la derecha donde está el baño de visitas y la vitrina repleta de pájaros muertos y justo ahí me dice con voz baja:

—Ay, Tobías… Si tus padres se enteran, me voy a meter en un problemón.

—No te preocupes, no se van a enterar. Te prometo que es para algo muy importante.

Toca rápido a la puerta del cuarto de la Bobe, abre y dice:

—Buenos días, señora, ¿se puede?

Los ojos se me comienzan a inundar ante la pura idea de hablar con ella.

—Listo, Tobías, ya te escucha. Aquí le estoy agarrando el teléfono —dice todavía en voz muy baja—, nomás no te vayas a tardar, por favor.

—¿Bobe? Soy yo… Tobías —una lágrima me escurre por la mejilla—. ¿Cómo estás viejita? Te he extrañado un montón, tengo muchas cosas que contarte —trato de aspirar de regreso los mocos que me cuelgan de la nariz y finjo un falso entusiasmo—. ¡Han sido días muy locos! No te imaginas cuánto… He estado componiendo canciones nuevas y ya hasta me conseguí un trabajo. Estarías muy orgullosa de mí —tomo una pausa para restregarme la cara con el antebrazo y secar la humedad—. ¿Tú, cómo estás? ¿Cómo te has sentido?

Me parece escuchar que responde con un gemido, pero en ese instante Concha interrumpe.

—Tobías. Creo que me está buscando la señora Dalia, voy a tener que colgar. Si quieres, márcale a tu abuela en la tarde, me parece que tus papás van a salir.

—Ejem… sí, sí, claro. No te preocupes, sólo deja que me despida de ella —no responde nada, por lo que asumo que ha vuelto a colocar el auricular en el oído de la Bobe—. Ya me tengo que ir. Sólo quiero que sepas que estoy bien y que te extraño mucho. Prometo irte a visitar muy pronto.

Cuelgo lento el teléfono y permanezco parado junto al escritorio sin saber qué hacer.

Cada que termina una misa, el Padre Diablo es el primero en salir corriendo a la oficina. Siempre hace todo lo posible por evitar a las señoras que buscan hacerle plática casual, a menos que se trate de algún tema que le represente un ingreso económico. Así que salgo de la oficina, doy la vuelta por afuera y me quedo esperando en la entrada principal a que salgan todos los feligreses. Desde la abertura que se hace entre dos puertas observo cómo Caleb se queda al fin solo recogiendo todo.

De repente, patea algo debajo del altar que lo hace agacharse. Se incorpora lento sosteniendo mi *ostontorio*, al cual mira con una mezcla de burla y asombro. Lo coloca junto al otro como para compararlos. Se encoje de hombros y suelta una risilla. Después se pone en cuclillas para esconderlo otra vez, ahora mucho más atrás. Aprovecho el momento para correr hacia él y propinarle un rodillazo justo en el momento en que emerge del fondo. El tipo da media vuelta en el aire y cae rodando por el piso.

—¡Quiubo! ¡Quiubo! —me mira con terror y se levanta de un brinco. —¡Pérate, cabrón! No te pongas así... ¡Te voy a explicar!

—¿Cómo que "no te pongas así"? —rujo, listo para propinarle un puñetazo en la cara.

—¡Se me fue el pedo gacho, manito, discúlpame! Te juro que pensé que ayer lo había guardado cuando se acabó la misa —comienza a reír como un estúpido—. Pero pos, ¿qué crees? Que lo dejé aquí toda la pinche noche. ¡Pendejo de mí! De milagro no se enteró el padrecito, imagínate la regañiza que me hubiera acomodado.

Volteo hacia el Cristo que está colgado encima de mí, pidiéndole una autorización que me concede de inmediato. Acto seguido tomo a Caleb por el cuello con la mano buena y lo saco a rastras hacia la calle. El tipo gimotea y hace todo lo que puede para safarse, pero no tiene ninguna posibilidad: lo sujeto con tal fuerza que creo que soy capaz de trozarle algunas vértebras. Una vez afuera le doy una patada en la rodilla con la que se va de bruces sobre el asfalto. Pum, una. Pum, dos. Pum, tres patadas en las costillas son suficientes para dejarlo sin aire, doblado en posición fetal.

—Tú le dices algo de esto al padre y te mato, ¿entendiste, animal? —le digo con voz muy bajita, como para no darle más información a los dos vendedores de tamales que atestiguaron el suceso.

El tipo asiente con la cabeza y en repetidas ocasiones, parece que entendió el mensaje.

Me quito la liga con la que a veces me peino de media cola de caballo, restiro el pelo hacia atrás y con gran dificultad, a una sola mano me vuelvo a peinar. Estoy listo para ir a la oficina y enfrentar al Padre Diablo.

Lo encuentro en el escritorio haciendo una llamada. Con la vista me indica que tome asiento enfrente suyo.

Conforme habla, mi ímpetu se comienza a desinflar.

—La ceremonia cuesta cinco mil, linda. Ajá... Sí, bueno. No, no es que cueste en realidad. Los sacramentos no cuestan nada, Dios, nuestro señor, así lo dispuso. Es más como un donativo para ayudar a la congregación. Ajá, exacto. Sí, cómo no. Permítame revisar la agenda a ver si ese día es posible —toma una pluma y comienza a garabatear en un cuaderno a rayas—. Sí, sí. Está libre el domingo catorce. Ajá, ajá. Entonces la voy a anotar para ese día, pero no la voy a confirmar hasta que no me haga el favor de traer el anticipo del cincuenta por ciento. Es correcto, linda. Aquí los esperamos con todo gusto. Que Dios me la bendiga hoy y siempre... ¡Y a su angelito también, por supuesto!

Cuelga el teléfono y me observa con ojos vidriosos, seguro asistió a una fiesta que se prolongó hasta tarde.

—¿Qué vamos a hacer contigo muchacho? —dice uniendo sus manos, tratando de hacerse pasar por un santo—. Si no tocas la guitarra, ¿cómo piensas pagar la deuda?

—Déjeme ir... Le prometo que pronto voy a conseguir el dinero.

Agita la cabeza una y otra vez.

—No, no, no... Así he perdido fortunas —saca un cigarrillo del interior del cajón y lo prende echándome el humo en la cara—. ¿Cuándo vas a poder tocar?

—No lo sé... Me dijeron en el hospital que necesito una cirugía, pero sólo me la pueden hacer en un hospital privado.

—Uy, uy, uy… Pues no suena que eso vaya a ser pronto —inhala profundamente el cigarro y achica los ojos, sin quitarme la mirada de encima, tramando algo—. ¿Qué me puedes dejar en garantía?

—No tengo nada… Sólo mi palabra.

—Tu palabra no vale nada aquí, querido Tobías —apaga el cigarro en el cenicero restregándolo varias veces y con fuerza, luego se queda mirando la nube de humo que se desintegra en el aire—. Mira… Lo creas o no en este tiempo te he agarrado cariño y la verdad no creo que seas tan pendejo como para hacerme una mala jugada —se levanta del asiento y camina hacia mí para colocarse a mis espaldas y poner su mano sobre mi hombro—. Vamos a hacer una cosa: voy a dejar que te vayas con la promesa de que me vas a liquidar la deuda en no más de tres meses a partir de hoy… y claro, me tendrás que dar además un treinta por ciento de interés —cambia el timbre de su voz a uno mucho más dócil—. No por otra cosa, sino porque ése es un dinerito que en este momento podría estarme dando buenos rendimientos.

Me encantaría meterle el *ostontorio* por el culo, pero en vez de eso me levanto para darle un abrazo.

—¡Muchas gracias, padre! Le juro que no se va a arrepentir.

Mi olor debe ser insoportable, porque me empuja hacia atrás.

—Espera, Tobías, no he acabado… Quiero que sigas viniendo al catecismo —aprieto los ojos despacio, como si eso ayudara a digerir el veneno de este idiota; mejor me habrían caído cien patadas en los huevos—. Velo como una libertad condicional en la que tienes que venir a firmar de vez en cuando para estar seguros de que sigues en el camino correcto —una pequeñísima sonrisa se dibuja en su cara hinchada.

¡Cerdo! Ya sabía que no me dejaría ir tan fácilmente, pero no tengo muchas más opciones.

—Está bien. Es un trato.

Finge distraerse con unos papeles y me deja con la mano en el aire. Acto seguido, introduce la uña del dedo meñique en el interior de su oreja con tal afán que parece quisiera rascarse el cerebro.

Antes de salir de la oficina gira hacia mí para preguntar:

—Por cierto... ¿Has visto a Caleb?

—Ejem... Sí, lo vi hace rato —respondo con un pequeño brillo en los ojos—. Me parece que se sentía mal y fue al doctor.

—¡Puta madre! Me rodeo de puro huevón, me cae —dice cuando sale por la puerta.

Hace mucho leí una entrevista que le hicieron a Kurt donde afirmaba que la música lo dañaba de distintas maneras: tenía una lesión en el estómago causada por su mal temperamento y por los gritos que pegaba al cantar. Esta afección le provocaba dolor crónico; incluso hay quien asegura que fue esto lo que lo arrastró al suicidio. Por otro lado, sufría de escoliosis, que es una curvatura en la columna vertebral que según él empeoraba cada que cargaba una guitarra. Eso era simple dolor físico, pero como he podido yo comprobar este dolor no se compara en nada al peor dolor del mundo, con el dolor que nace en el alma y que no hay medicamento capaz de aliviar. Según Kurt, lo peor de todo era saberse una figura pública y tener la obligación de asumir las responsabilidades que esto conlleva: sonreír ante los medios, considerar a los fans, tener siempre lista una respuesta, no importa lo estúpida o banal que sea la pregunta. En fin, debió causarle un dolor insoportable saberse el símbolo de millones de pendejitos, al grado que un día concluyó: "Prefiero quemarme, que apagarme lentamente" y ¡bang!, se pegó el escopetazo.

Muchos lo critican porque se dio por vencido, pero yo no lo veo así. El tipo logró lo que nadie: con tan sólo tres álbums de estudio se convirtió en una de las figuras más emblemáticas de la música contemporánea. Lo suyo fue más bien un problema de acrofobia. Una vez que llegó a la cima sintió terror y su única salida fue aventarse al vacío. Yo estoy lejos de alcanzar esa cima personal así que en mi caso sería un verdadero fracaso rendirme ahora, algo como brincar desde lo alto de una banqueta. Por lo mismo no pienso desistir. Aun si pierdo en definitiva el movimiento del dedo no voy a dejar de ser músico, incluso si me amputasen los brazos o me cortaran en mil pedazos, no se va a apagar el fuego que tengo dentro.

La Reina Roja

—Voy a ayudarte a hacer tu guitarra —le dijo a Brian mostrándole varios pedazos de madera cubiertos de hollín.

Él se incorporó de la cama para quedar sentado en la orilla y se rascó compulsivamente la cabeza.

—¿De qué estás hablando, papá?

—Así como lo oyes. Si no tenemos dinero para comprar la guitarra que quieres, vamos a construirla —propuso con emoción sacudiendo las manchas de ceniza que tenía en su suéter de tweed. Luego dijo orgulloso—: Es parte de la chimenea de casa de los McGregor, la van a cambiar y pensaban echarlos a la basura, ¿puedes creerlo?

—¿Una chimenea? —soltó entre risas—. Te volviste loco.

—¡Es una chimenea del siglo dieciocho! ¿Sabes el sonido que va a salir de esta mierda?

Brian May se levantó de la cama para verlos más a detalle, entonces acercó la cara con la intención de olerlos. Su nariz se impregnó de un aroma dulce que le erizó la piel y le recordó aquellas épocas en que se quedaba a dormir en casa de sus abuelos, muy cerca de Bibury.

—Vale, vale, vamos a intentarlo —soltó vacilante, ya que aun con los conocimientos técnicos que tenía su padre, sabía que era una empresa prácticamente imposible.

Un año y medio después, con la ayuda de herramientas básicas y usando algunos botones provenientes del costurero de la señora May, terminaron una guitarra a la que le dieron un acabado color rojo cereza. *Red Special*, la bautizó Brian al comprobar que su sonido era superior al de todas las otras guitarras que había visto en su vida.

Llego al tianguis del sindicato alrededor del medio día arrastrando algo que parece ser una esperanza. Esta vez no me entretengo en curiosear entre los puestos, más bien camino directo hacia el local del Barny, a quien encuentro sentado en un banco ojeando una *Rolling Stone*.

—Buenos días —grito para sobreponerme al bullicio.

Cierra la revista y pregunta con entusiasmo:

—Buenos días, güero ¿Qué te vas a llevar? —no termina de preguntar cuando ya arquea las cejas—. A ti te conozco… Ya habías venido antes, ¿no?

—Sí. Te vendí una Electrocaster y unos pedales.

Se levanta del asiento todavía con la *Rolling Stone* en mano y echa sus ojos al aire, haciendo memoria.

—Ah, sí, ¡claro, a huevo! No mames, cómo me costó sacarle algo a esa pinche guitarrita. Le tuve que cambiar las pastillas y aun así le saqué muy poca lana —señala hacia dentro del puesto donde hay una pared tapizada de accesorios—. De hecho, creo que tus pinches pedales siguen por ahí… ¡Te los vendo baratos! —suelta entre risas.

—Me encantaría, pero de momento no tengo dinero.

Se me queda mirando con atención, luego agita el bigote a toda velocidad y en repetidas ocasiones, como si estuviera a punto de dejar escapar un estornudo.

—¿No eras tú el que iba a buscar la guitarra Jaguar?

—Sí, sí —respondo triste.

—¿Y? ¿La encontraste?

—Todavía no, pero estoy en eso…. Estoy en eso —al principio el tipo parece satisfecho por haberme reconocido, pero al instante nos quedamos en silencio sin saber a dónde más llevar la plática. Antes de que ese silencio se vuelva incómodo, suelto de tajo—: vengo a pedirte trabajo.

—¿Trabajo? ¿Trabajo de qué? —dice fijando su vista en mis vendas.

A toda prisa, cruzo los brazos para esconder la mano.

—No lo sé... de asistente. Vendiendo guitarras. Puedo comprar guitarras a un precio bajo y luego revenderlas por mucho más dinero.

Levanta una ceja y tuerce el bigote, no está muy seguro de si hablo en serio o no, pero al ver que mi rostro se comienza a teñir de color rojo, suelta:

—¡Genio! ¿Cómo carajo no se me había ocurrido hacer algo así? ¡Vamos a revolucionar la industria, puta madre! —deja escapar una ruidosa carcajada que hace que el rastaman que atiende el puesto de percusiones nos mire intrigado.

Me balanceo de un lado a otro encima de mis Docs, necesito convencerlo y es que dada la condición de mi dedo índice y de mi vida, en general, éste es el único empleo al que puedo aspirar sin alejarme del todo de la música.

—Podría ayudarte a cuidar el puesto, a revisar el equipo, a arreglar guitarras... No lo sé, lo que tú quieras. Me urge conseguir dinero.

—No, no mames brother... No necesito empleados, no me da el presupuesto como para contratar a alguien. ¡Si no, ya no estaría aquí! —congela su sonrisa y dirige una mirada melancólica hacia uno de los miles de chicles pegados en el piso—. Créeme, ya no estaría aquí —de repente se vuelve a animar—. Mira, no te voy a contratar; pero si quieres, te puedo dar un buen consejo.

—*Okey* —suelto después de analizarlo un instante, tal vez sea algo relacionado con la guitarra Jaguar—. Escucho.

Avienta la revista encima del banco y toma su vieja chaqueta de mezclilla que colgaba de un ganchito junto a la mesa de trabajo.

—No, no. Aquí no se puede hablar. Mejor vamos a otro lado —luego se dirige al rastaman, quien se encuentra concentrado apretando el parche de un bongó—. Ahí te encargo el changarro Matamba, no me tardo… Voy a pistear con mi sobrino.

El tipo lo mira con desagrado y luego sigue en lo suyo.

Lo persigo hasta llegar a una pequeña calle que desemboca en la parte trasera del tianguis, del otro lado del paradero de autobuses, por lo que el aire fluye un poco mejor y el bullicio ya se convierte en algo que suena al rezo monótono de un adoratorio.

Entramos en una pequeña lonchería donde apenas caben cinco mesas y sólo una de ellas está ocupada por unos tipos que parece tocan en un grupo tropical: camisas de satén rojo muy flojas de los brazos y pantalones negros apinzados.

—¡Qué pasó, ese Barny! —dice uno de ellos al verlo entrar. Los otros también lucen contentos ante su llegada.

—¡Quihubo, muchachos! ¿Cómo andamos, ya de salida?

—Ya mero, ya mero —contesta otro de ellos mientras se escarba los dientes con un palillo.

—Pues provechito. Disfruten.

Una vez que tomamos asiento, el Barny permanece callado, viendo fijamente hacia la cocina para dar con la mesera; yo me dejo ir en el lugar.

Parece que alguna vez fue una casa y, por la distribución, intuyo que estamos sentados en el estacionamiento. La única luz natural es la que entra por la puerta, la demás iluminación es producto de unos tubos de halógeno que me recuerdan a los que había en el Albatros; razón suficiente para ya sentirme incómodo. Todo es de plástico: mesa, sillas, el salero, el mantel y hasta la imagen de una virgen colgada en la pared detrás de mí. Por si fuera poco, el olor a cigarro, mezclado con el calor que sale de la cocina, crea un ambiente asfixiante.

Se acerca una chica hacia a nosotros.

—Buenas... ¿Lo de siempre? —le pregunta al Barny.

—Sí, por favor, mija. Y para mi sobrino también.

La chica desaparece rápido en dirección a la cocina y antes de que Barny y yo podamos empezar a interactuar, regresa con dos caguamas heladas.

—Pues estamos listos —dice mi ahora tío con una gran sonrisa. Levanta su caguama en el aire esperando a que yo haga lo mismo, luego las chocamos en señal de reciprocidad—. No sé por qué me caíste bien güero... A ver, recuérdame otra vez cómo te llamas.

—Tobías.

—Tobías —repite para sí mismo, como para grabarse mi nombre en esa memoria dañada por años de alcohol, drogas y rocanrol—, me recuerdas a alguien.

—A algún famoso.

—¿A quién será? —dice concentrado, apretando los ojos, convirtiendo en canales sus arrugas—. No sé, no sé... Pero seguro al rato me acuerdo —suelta al fin entre risas.

—Mejor dime, ¿cuál es el consejo? —pregunto ansioso.

Toma aire, se limpia la espuma de cerveza que le quedó pegada al mostacho y suelta con solemnidad:

—Más que un consejo es una historia, una que le he contado a muy poca gente... —le pega un trago a su cerveza para acentuar el momento dramático—. Así como me ves, antes de dedicarme de lleno a la música estudié seis semestres de filosofía en la universidad —levanta las cejas de arriba a abajo muy orgulloso, como esperando un aplauso, pero lo único que consigue es hacerme sonreír de manera forzada—. Ahí conocí a una vieja que se llamaba Margot, la más guapa de toda la facultad y muy probablemente de toda la escuela. Era una chava morena, con los rasgos medio europeos. Su combinación era espectacular, no he conocido a otra chava igual. Sus labios carnosos hacían juego con unos ojos azul intenso, muy, muy grandes —vuelve a tomar de su cerveza y sigue emocionado—. Tsssss... ¿Su cuerpo? Un pinche cuerpazo, me cae. ¿Qué te puedo decir, Tobías? Parecía modelo de la *Penthouse*. Una preciosura de piernas largas y nalgas bien paraditas. ¡Cada que caminaba por los pasillos de la facu era como ver a una pantera cazando en la selva! ¡Parecía flotar, güey, te lo juro! Nos tenía a todos los cabrones de la escuela apendejados, ¡babeábamos por ella! El gran pedo es que Margot era más mamona que guapa. Imagínate cabrón. ¡I-ma-gí-na-te! —de la bolsa de su camisa saca una cajetilla de cigarros Viceroy amarrada con una liga para el pelo a una cajita de fósforos. Toma un cigarro y lo enciende despacio. Luego extingue el cerillo agitándolo varias veces en el aire—. Por si fuera poco, además de guapa tenía mucha lana. Su jefe trabajaba en Petróleos y como te imaginarás cagaba varo. Todos los días la iba a dejar un chofer en un carrazo... creo que era un Dodge, y pues la vieja se sentía soñada, no le hablaba a nadie. Aunque éramos mil cabrones tirándole el pedo ninguno le parecía digno —inhala otra bocanada y avienta la colilla al interior de su caguama ya vacía. Enciende otro cigarro y hace una seña hacia la cocina para que traigan otras dos—. Medio se llevaba con un mamerto al que le decían Charlie. Sí, la neta sí estaba algo carita el güey, era medio güerillo, como tú. También era de lana, pero te juro que no dabas un quinto, parecía retrasado, nunca se le aventó. Pa mí que era puto. En fin, ése era el único cabrón con el que medio platicaba, todos los demás pendejos, haz de cuenta que no existíamos.

Mi mente se divide entre su plática y las punzadas que de vez en vez me recuerdan que dentro de mi dedo hay una cosa que se llama *aductor*. Aprovecho la pausa que hace el

Barny al ver llegar a la mesera con las caguamas para tratar de mover el dedo otra vez. Nada de nada.

—Te decía brothercito... —da una fumada profunda, aguanta el humo y luego suelta de golpe—: ¡Lapinchemargoooot! Me la pasaba soñando con ella. Pero era de esos sueños irrealizables. Como cuando fantaseas con una actriz de telenovelas y te haces una chaquetilla pensando en ella... Sabes que esa relación se va a ir al carajo en el instante en que avientas el pedazo de papel de baño a la basura.

Le pega un trago a su cerveza y deja escapar el eructo por la nariz, lo que le pone los ojos llorosos. Se pone serio y con la mano se restira el bigote hacia abajo, con compulsión.

—¿Te aburro?

—No, no. Lo que pasa es que estoy cansado. No he dormido muy bien —digo pensando cuánto tiempo más podré soportar el cuento de la tal Margot. Aunque muy en el fondo tengo la esperanza de que contenga algo revelador—. Sigue, sigue, por favor.

—Bueno, Tobías, mira...

—Toby —lo interrumpo—. Mis amigos me dicen Toby.

Abre los ojos grandes y suelta una risotada.

—¿Toby? ¿Toby? No, no mames... ¿Qué pinche nombre es ése brothercito?

Le doy un trago a mi segunda cerveza fingiendo no escuchar.

—Así se me iba la vida pensando en lo lejos que estaba de Margot, a pesar de que a veces tenía la suerte de sentarme a tan sólo dos bancas de distancia de la suya. Pero bueno, fue en esas épocas cuando empecé a tocar bien macizo con los Rebel Boys. Ya se había armado la alineación oficial y sonábamos muy, muy cabrón, ni te imaginas.

"Un día nos invitaron a tocar en un hoyo fonqui allá por Satélite y es que en esa época tocar era un pedote en la ciudad, para nada se compara con lo que es ahora, ahora es el puritito paraíso. Pero bueno, ésa es otra plática brother... El lugar estaba a reventar porque también tocaban Los Camisas Negras, una banda que estaba medio de modilla, nosotros les abríamos.

"Estuve a punto de tirar la toalla durante el toquín, me sentía re mal. Me había tomado unas cheves y fumado un porrito antes de empezar a tocar, como siempre; desde que salí a tocar comencé a sentir que me faltaba el aire. El lugar estaba encerrado, toda la banda apretujada, sudando, fumando mota y restregando sus ropas de acrílico en un baile medio hipnótico. Imagínate cómo habrá estado la cosa que hasta goteaba sudor del techo. Pensé que no sería capaz de aguantar hasta que de repente... ¿Qué crees, brother? Ahí, en medio de todo el público, que aparece la pinche Margot, viéndome como nadie me había visto antes. Parecía hechizada. Era una escultura de hielo en medio de un océano de lava. Debe haber estado también pacheca o tal vez en ácidos, quién sabe... pero esa mirada me apendejó por completo. Así que, si ya estaba tocando mal, luego toqué del carajo. ¡Imagínate, brother! Equivocaba las octavas, cambiaba de trastes con la misma intensidad con la que cambiaban los latidos de mi corazón y aunque estaba cagado de miedo, sabía que era una oportunidad única —aprieta los ojos y comienza a marcar pisadas en el aire. Estoy seguro que se transporta a un hoyo fonqui en mil novecientos setenta y pico, oyendo la música que sale por esos amplificadores de bulbos que proyectaban un sonido más graso.

Mueve la cabeza con ritmo de un lado a otro y despega un poco los labios para dejar ver una hilera de dientes manchados por el tabaco.

—Y cuando acabó la canción ella ya no estaba ahí —dice al fin abriendo los párpados, sorprendiéndose por millonésima vez ante ese hecho.

—Como en el cuento de Monterroso —digo aburrido, fingiendo un bostezo.

—No, no estaba. ¡Desapareció!

Extiende su caguama en el aire una vez más. Apenas la rozo con la mía y doy un trago antes de decir:

—Ahora regreso. Tengo que ir a mear.

El baño es pequeñito, por lo que con dificultad logro cerrar el pestillo que no sella la puerta correctamente. Debo agachar la cabeza para no pegarme contra el techo. Con la punta de mi bota levanto la tapa y tiro una meada tan potente que me salpica la parte baja de los jeans. Tal vez debería pagar y largarme de una vez por todas. Debería estar buscando trabajo, no puedo darme el lujo de perder tiempo escuchando las anécdotas de un borracho.

Regreso a la mesa listo para despedirme, pero encuentro que sobre la mesa hay otras dos caguamas esperando y un plato lleno de cacahuates con chile. Tal parece que el Barny se pone contento de verme regresar. Se frota las manos rápido antes de colocarlas sobre sus muslos. Tal vez ya intuye que mi paciencia está llegando a su fin.

—Tú tranquilo, falta poco para la mejor parte.

Me dejo caer con pesar sobre la silla, cada vez con menos expectativas.

—Acabó el toquín y me fui a meter de volada al camerino. Bueno, en realidad no era un camerino, era la cocina de la casa donde fue la fiesta. Necesitaba un momento a solas para entender si lo de Margot había sido real o si más bien era una alucinación residual producto de la última vez que me atasqué con hongos.

"Un rato después del clásico desmadrito post-tocada que se arma en todos los camerinos, los compas de mi banda me dejaron solo. Querían ir a la fiesta y conectar chavalonas, ya te imaginarás… Yo me quedé recargado en la estufa fumando otro porrito, recuperando energías, hasta que de repente… —en este momento, sus brazos que se agitaban en el aire se congelan provocando una pausa dramática— ¡Que entra la pinche Margot! Se veía más guapa que nunca y sin decir ni media palabra caminó hacia mí, me sujetó con ambas manos la cara y me dio un beso cachondísimo. ¡Uf, no sabes brother! ¡Qué cosa de beso! Me pude haber muerto en ese instante, feliz y satisfecho.

Un dolor en la mano me hace abrir los ojos grandes, por lo que le inyecta más pasión a su relato.

—Yo la agarré de la cintura para jalarla con fuerza hacia mí. Despacio le desabotoné la camisa y agarré esos pechos redonditos con los que había soñado durante toda la carrera. ¡Nos dimos un atascón épico, brother! Terminamos haciendo el amor en el piso mugroso de esa cocina, arriba de charcos de cerveza ya convertidos en lodo.

Se queda viendo el plato de botana con una sonrisa enorme, como si en medio de los cacahuates enchilados pudiera ver a Margot.

—Y luego… ¿Qué pasó? —pregunto regresándolo del ensueño.

—Pues y ya. Ésa es la historia brothercito.

—¿Qué? ¡No mames! —me levanto de la mesa aventando la silla hacia atrás—. ¡Cómo que ésa es la historia!, ¿y el consejo que me ibas a dar? ¿Para eso me trajiste aquí? ¿Para contarme que te acostaste con alguien en mil novecientos sesenta? ¡No me chingues, cabrón!

—Bueno, no, tranquilo… Todavía hay más: luego Margot se volvió groupie de la banda. Salimos un par de meses hasta que me dejó por el bajista de Los Camisas Negras. Según ella a mí nomás me interesaba el desmadre.

El tipo no deja de escupir disparates, así que saco un billete de cincuenta pesos de mi pantalón y lo pongo encima de la mesa. Acto seguido doy media vuelta y salgo tambaleando del lugar.

Los dos litros de cerveza y la falta de sueño me vuelven incapaz de elaborar un nuevo plan de acción. Por fortuna, de camino al metro encuentro un camellón recubierto de pasto amarillo donde pega un rayo de sol. Reducido a una bestia, a un animal del zoológico, me dejo caer ahí y casi en el momento en que pongo la cabeza sobre el pasto me pierdo en un sueño denso.

El frío me despierta horas después. En un principio es difícil entender en dónde estoy, el lugar es completamente distinto de noche. El hervidero de gente, puestos y ruido que caracteriza al tianguis durante el día se transformó en una explanada donde sólo quedan ratas y perros callejeros que buscan restos de comida.

Me levanto adolorido, con la boca seca y dolor de cabeza. Abotono el saco, me sacudo el pasto seco con la mano buena y camino hacia la escalera del metro, por suerte todavía sigue abierto.

Durante el trayecto pienso en el Barny y el cuento de Margot. ¡Qué pérdida de tiempo más grande! El tipo debe vivir para contar esa historia, estoy seguro que es el mayor triunfo de su vida y sólo espera que un idiota caiga para repetir la narración. Aprieto los ojos con fuerza y le pido al universo no convertirme en alguien tan patético. En cuarenta años espero ser famoso. No me veo presumiendo que mi mayor triunfo fue comerme un Baba Ganoush con una groupie cuando era joven.

Me bajo en la estación Pino Suárez con la esperanza de encontrar a Harris en el puesto de donas: dos días a la semana le toca trabajar en el turno nocturno, espero que éste sea uno de ellos.

Felizmente lo encuentro limpiando una cafetera industrial.

—¡Carnalito! ¿Qué pasó? ¿Qué haces por acá? —dice contento de verme, quitándose la gorra.

—Vengo a que me regales una dona. Me cago de hambre.

Al instante se agacha para levantar una bolsa de basura repleta de donas que coloca sobre el mostrador.

—Están limpias. Son las que quedaron de hoy —aclara al ver mi cara de repulsión.

Tomo una de chocolate y la desaparezco en apenas dos mordidas. Luego agarro una cubierta con chispas de colores.

—¿Quieres un café? Todavía queda un poco —asiento con la boca llena sintiéndome un poco mejor. El azúcar me devuelve la energía—. No mames, Toby, te ves de la chingada —dice con sorpresa al ver mi mano—. ¿Qué carajo te pasó?

Doy un trago al café para poder tragar la masa formada en el interior de la boca y respondo triste:

—Un accidente en la iglesia.

—¿Y qué pedo? ¿Cómo vas a hacer para tocar?

—Pronto voy a estar bien —respondo tratando de convencerme a mí mismo—. Pero mientras tanto necesito conseguir dinero para pagarle a tu amigo.

—Chale, pues a menos que sea de futbolista, va a estar cabrón que consigas un trabajo en el que no utilices la mano izquierda.

Evito elaborar más el tema mirando hacia un estúpido anuncio de Coca-Cola que dice "Sonríe a la vida" y donde un tipo luce feliz bailando bajo una lluvia torrencial. Unos policías arrean a los últimos pasajeros que todavía caminan por la estación y la gente de limpieza se comienza a esparcir por todas partes haciendo lo suyo.

Mientras Harris termina de cerrar el puesto, suelta en tonito reflexivo:

—Ahí te va un tip. Hace unos años estaba bien jodido de lana y me lancé a vender sangre afuera de un hospital.

Lo volteo a ver con una mezcla de asco y terror.

—A la gente que operan en los hospitales públicos se les pide una cuota de sangre, dependiendo de la operación que les vayan a hacer es la cantidad que les piden. Es gente que tiene la urgencia, porque no operan al enfermito hasta que cubran su cuota. La banda de la capital no tiene un pedo: llevan a la familia, a los amigos, a los cuates de la chamba —le pone el candado a la cortina metálica y dice—: el negocio está en venderle a los güeyes que vienen de provincia y que no conocen a nadie que los pueda ayudar.

Agito la cabeza en señal de desaprobación, a lo que él agrega rápido:

—Yo nunca me manché. Era de los que les vendía más barato. Hay unos pasados de verga que venden el cuartito de litro en mil y hasta mil quinientos baros. Yo se los dejaba en quinientos.

—No mames, pinche Harris, ¿de qué estás hablando? Me prometí a mí mismo no hacerte caso nunca más. Estoy hasta la madre de tus estúpidos consejos.

—¡Puta, güey! Era una idea para hacerte el paro —dice indignado. Se pone la sudadera de The Who que compró en el Chopo, se cuelga la mochila al hombro y camina a mi lado en dirección a la salida—. Pues deja ver si se me ocurre una idea mejor.

—No, no te preocupes. No quiero más ideas. Ya veré qué hacer —nos damos un apretón de manos seguido de un ligero abrazo.

—¡Gracias por las donas! —alcanzo a gritar antes de tomar las escaleras eléctricas que llevan a la calle. En respuesta, él alza la mano con pocas ganas.

Toco el timbre del departamento de Lulú varias veces hasta que después de un rato contesta nerviosa:

—¡Quién es!

—Soy yo. Tobías. Ábreme por favor —al instante llega la descarga eléctrica con la que se abre la puerta.

Subo dos pisos por las escaleras para encontrar que ya me espera recargada en el marco de la puerta. Lleva puestos unos pants de color negro que la hacen ver un poco más pálida que de costumbre.

—¿Qué haces aquí a estas horas? ¿Estás bien? —dice sin disimular su molestia.

—No, no… Para nada estoy bien. Necesito que me des asilo —respondo pasando a su lado para colarme al departamento.

Cierra la puerta de golpe, cruza los brazos y mira el reloj de pared que está junto al refrigerador.

—O sea… ¿Cómo güey? Son casi las dos de la mañana, no mames, Tobías.

—Discúlpame, flaca, pero estoy hecho mierda.

—¿Otra vez? Eso me dijiste la última vez; como que ya se te está haciendo costumbre, ¿no crees? Además, fuiste muy claro al decir que sólo sería por un día.

De repente, toda su atención se centra en mi vendaje; sin duda un descubrimiento que la hace bajar la guardia. Se acerca rápido hacia mí para tomarme de la mano y revisarla con mucho cuidado.

—No mames, ¿ahora qué te pasó? Cada que te veo traes algo nuevo.

—Me hice mierda. Acabé con mi carrera, creo —digo haciendo el esfuerzo de mantener la calma.

Se queda muda, sólo me da un abrazo suave, todavía con olor a cama. Aspiro profundamente su pelo, como si fuera un remedio mágico capaz de solucionarlo todo.

Es entonces que veo algo que me obliga a zafarme del abrazo: recargada a un lado del sillón, como haciendo un esfuerzo por pasar inadvertida, está una guitarra Les Paul. Camino aprisa hacia ella y la levanto del brazo, es idéntica a *Woodstock*. Una vez que la hago girar compruebo que tiene el mismo rayón en forma de tache en la parte trasera. Entonces volteo hacia Lulú, quien tiene la mirada clavada en el piso de madera.

—Yo compré a *Woodstock* —dice tímida, colocando sus manos detrás de la espalda.

—¿De qué estás hablando? —mi atención regresa de nuevo a la guitarra, luego otra vez a Lulú. La cabeza me duele, la siento palpitar y estoy bastante seguro de que no es por las cervezas del Barny.

Ella permanece en silencio, nerviosa, sin estar muy segura de qué responder o en dónde esconderse.

—¿Buscaste al tipo al que le vendí a *Woodstock* para comprarla?

—No, Tobías, no seas tonto. Mike es amigo mío, trabaja conmigo. Yo le pedí que te hablara y le di el dinero para que comprara la guitarra.

—No mames… ¿Para qué?

—¿Cómo que para qué? Es la guitarra que te regaló tu hermano. ¡Es con la que me compusiste mi canción! De todas las pendejadas que estás haciendo con tu vida, lo menos que podía hacer era evitar ésta.

La miro con enorme ternura. Luego me cuelgo la guitarra al cuello y recargo su brazo sobre mi muñeca. Con la mano derecha rasgo las cuerdas muy despacio, produciendo un sonido apacible que me provoca una sonrisa.

—Estás loca.

—No, Toby... el único loco aquí eres tú, cabrón. ¡*Woodstock* es real!, lo que significa para ti es real; la historia que tiene detrás es cabronamente verdadera... No como tu portentoso bastión.

Me acerco hacia ella para tratar de abrazarla, pero se aleja rápido dando unos pasos hacia atrás.

—¿De dónde sacaste el dinero? —pregunto intrigado, pero ella no tiene palabras, se queda callada haciendo como que ordena unas figuritas de Los Beatles que decoran la repisa de la entrada. Insisto—: ¿De dónde sacaste el dinero?

Levanta a Ringo para ajustarle los bracitos; hace que el izquierdo quede golpeando la tarola y el derecho hacia arriba, como a la mitad de un redoble circense que busca crear expectación.

—Dime.

Traga saliva y dice con voz muy bajita, casi inaudible:

—Vendí la moto.

—¿Que hiciste qué? —pregunto escandalizado, abriendo la boca y los ojos grandes.

Apenada, da la vuelta y camina a toda prisa por el pasillo en dirección a su recámara. Me abalanzo detrás de ella con la intención de sujetarla, pero antes de lograrlo se encierra dejándome con un portazo en la cara.

—¡No chingues, flaca! Ábreme por favor —digo tocando a la puerta varias veces.

—No, no. Déjame tú. Me siento una pendeja, no tengo ganas de seguir hablando.

—No tenías por qué haber hecho eso. Te lo agradezco muy cabrón, pero no mames... ¿Vender tu moto?

—Ya, güey, en serio. Déjame dormir, ahora soy yo la que tiene sueño —aunque intenta disimular, me parece oír que gimotea—. En el clóset que está junto al baño guardé una cobija, úsala si quieres.

Recargo la frente y todo mi peso sobre la puerta, luego digo en voz baja:

—De verdad, no tenías por qué.

En ese momento abre la puerta de golpe, por lo que debo hacer un esfuerzo para no caer, hecho que me hace soltar una risa torpe.

Al descubrir mi sonrisa, transforma la tristeza en furia. Con la cara roja camina hacia mí sacudiendo el dedo índice, así que retrocedo tratando de no tropezar.

—Ya lo sé, ya sé que no tenía por qué. Es una pendejada estar enamorada de ti, cabrón, no sé por qué no pierdo la esperanza de una vez. Cada palabra de amor que me has dicho, cada letra de canción que has escrito pensando en mí, sólo han servido para hacerme consciente del fracaso de mi existencia —hace una pausa para limpiarse con el antebrazo las lágrimas que le escurren por el rostro—. Es una pendejada creer que puedes tomarme en serio, casi tan absurdo como lo de tu guitarrita y que pienses que al encontrarla habrás cumplido tu misión en la vida —se detiene en seco, parece arrepentida y, sin más, corre de regreso a su cuarto para encerrarse.

Permanezco congelado en el pasillo sin saber qué hacer o qué decir, pero rápido concluyo que lo mejor es dejarla en paz.

Camino hacia el sillón donde descansa *Woodstock* y me siento a su lado. "Nos volvemos a encontrar" —suelto con emoción deslizando una mano sobre sus cuerdas—. Luego me la acomodo como para tocar, pero no soy capaz ni de marcar una cejilla. Me debo conformar con tocar un simple acorde de La que suena desafinado, entonces comienzo a ajustar las clavijas.

Un pensamiento cruel se asoma en mi mente.

"¿Y si la vendo otra vez? Con ese dinero podría liquidar casi toda la deuda con el Padre Diablo; llegando a Tijuana ya veré qué hacer para comprar la Jaguar", lo considero un momento, pero no me toma mucho darme cuenta que sería muy ojete, más bien siniestro. Sería como negar todo lo que Lulú ha hecho por mí; mejor arrancarle el corazón y pegarle de brincos encima.

Poco antes de terminar nuestra relación definitivamente, fuimos a pasar unos días a la casa de Avándaro; la intención era desconectarnos de todo y así poder componer el que, según yo, se convertiría en mi primer disco. La cabaña estaba lejos del lago, más dentro del bosque, cerca de una raquítica cascada que sólo cobraba seriedad en época de lluvias. La construcción, de una planta, estaba rodeada de árboles frutales: higos, naranjos y manzanos de follaje espeso que evitaban el paso del sol creando un ambiente húmedo y muy frío. Aquella noche estábamos muy contentos porque el día había sido bastante productivo, así que decidimos celebrar abriendo una botella de mezcal y fumándonos un porro de Skunk. Puse un disco de éxitos de John Lee Hooker y bebimos como si nuestra vida dependiera de ello. En un momento de euforia salí a caminar por el bosque con mi guitarra, me sentía inspirado y quería seguir componiendo. Después de un rato de vagar de aquí para allá, me tiré sobre la hierba para ver la luna llena que se asomaba entre las ramas de unos árboles. "La luna es un gran ojo de plata que nos amenaza a todos con sus lágrimas" —elucubré en mi viaje—. Saqué mi libreta para apuntar lo que parecía una línea magistral y comencé a buscar algunas escalas que la acompañaran de forma digna. Estaba en eso cuando escuché algo correr detrás de mí que hizo que se me erizaran todos los pelos. Me levanté de un salto.

—¿Flaca, estás ahí? —pregunté asustado. No se veía ni se escuchaba nada anormal, sólo el incesante canto de los grillos y de todos aquellos bichos que, como yo, encuentran en la noche el mejor momento para crear. Miré hacia la cabaña, parecía brillar en medio de la oscuridad, con sus luces exteriores encendidas y Lulú, quien se veía a través de una ventana bailar con los brazos en el aire. Entonces escuché una rama crujir. ¡Mierda! Al instante levanté mi guitarra del suelo listo para correr y fue entonces que lo vi, acabándose de esconder detrás de un árbol: era León a los cinco años, igual como lo había visto en fotos. Me hinqué sobre el piso pegando la cabeza sobre las hojas y apretando los ojos con todas las fuerzas.

—¡Lárgate de aquí, por favor! —supliqué como si me estuviera enfrentando al mismísimo demonio; y entonces, sólo escuché una risita por respuesta. Me puse a gritar desesperado, tenía tanto miedo que creí que me volvería loco.

Al poco rato, Lulú me encontró temblando, bañado en sudor frío y con el pulgar hundido en la boca. Me abrazó con todas sus fuerzas y me llevó amorosamente al interior de la casa donde preparó un café con doble carga que ayudó a matizar los efectos del mezcal y la droga.

Toing, toing. Giro la clavija que corresponde a la primera cuerda tratando de encontrar el tono, pero de repente la cuerda se rompe dando un chisguetazo que me hace aventar la cabeza hacia atrás. Me quedo un rato recargado en el sillón, pensando en Lulú, también en León y en esos tiempos lejanos cuando la vida era pura felicidad.

Me despierto apenas sale el sol. Preparo un sándwich de queso que guardo en la bolsa de mi saco y, antes de salir, dejo una carta encima de *Woodstock*.

En unos días cumplo 27 años. ¡27 años! Una edad fatídica para el rocanrol. A esta edad murieron Janis, Jimy, Jim... y por supuesto, Kurt. A mis años ellos ya eran unas auténticas leyendas. Yo no he logrado un carajo, así que tengo la obligación de hacer esto flaca, de verdad. Si no, ¿para qué cumplir un año más? Te prometo que una vez que tenga la Jaguar en mis manos las cosas serán distintas.

Gracias por sacrificar tu moto para recuperar a *Woodstock*, pero no me la puedo quedar. Véndela o espérame a que consiga dinero para poderte pagar... Por lo pronto se queda contigo, es tuya.

Con cariño... TOBY

Madera de Blues

Esa mañana en que Ted llegó a abrir el local, se encontró con que Billy Gibbons lo esperaba afuera, recargado en una Harley repleta de lodo. Con un brazo sostenía unos pedazos de madera, mientras que con la otra mano retiraba un pedazo de bisket de entre sus muelas con la ayuda de un palillo.

—Necesito mostrarte algo —dijo emocionado, pegándole con la uña al palillo para hacerlo volar en círculos.

Una vez adentro del Calaveras Guitar Shop, acostó los pedazos de madera encima del escritorio donde Ted acostumbraba atender a los clientes.

—Tienes que hacerme una guitarra con esto. No importa cuánto cueste.

Eran tres tiras de ciprés bastante apolilladas, de un metro cada una y bañadas con una corroída capa de pintura blanca.

—¿Qué mierda es ésta? —preguntó Ted entre risas pasando su mano por encima. Notó que una de ellas, incluso se encontraba algo torcida.

—Son pedazos de la cabaña donde creció Muddy Waters —una sonrisa se dibujó en medio de su espesa barba—. Vengo regresando de Stovall Farms.

Ted dejó caer su quijada al piso y de nuevo pasó su mano por encima de los pedazos de madera, esta vez con enorme veneración, tratando de sentir la energía del blues vibrar a través de ellos. Sin duda, esto era lo más cerca que había estado de uno de los más grandes guitarristas de todos los tiempos.

Seis meses más tarde, ahora fue Ted quien fue a buscar a Billy al estudio donde ensayaba con los ZZ Top.

—Aquí está tu guitarra Billy. Es la mejor que he hecho hasta ahora.

—No puede ser de otra manera querido —le dijo levantándola sobre las palmas de sus manos, como si fuese un trofeo, una bandera con la que pensaba encabezar una batalla—. Esta guitarra tiene blues. El mismo blues que tiene un río revuelto, uno donde fluyen millones de posibilidades.

La gran sonrisa de Ted hizo que se abultaran sus rojas y redondas mejillas.

—¿Piensas ponerle nombre?

—Ya lo tiene… te presento a *Muddywood*. *Muddywood*, te presento a Ted.

De camino al cuarto de ensayos paso enfrente de una papelería que tiene un letrero pegado afuera: SOLISITO EMPLEADO CON MUCHAS GANAS DE TRABAJAR. ¡Puta madre!, yo no tengo ganas, pero vaya que necesito dinero. Me introduzco cauteloso, sin estar muy seguro de nada. Es un espacio pequeño y oscuro, atiborrado de productos y un mostrador desde donde operan un hombre muy obeso y una viejita que, supongo, es su madre.

—Sí, buenas. ¿Qué se le ofrece? —pregunta el gordo con gesto amable.

—Vengo por lo del empleo —digo con voz baja, mirando en todas direcciones y preguntándome cuánto se podrá ganar en un lugar así.

Al instante el gordo cambia su expresión, ahora es mucho más duro.

—Ah, ya veo. ¿Sabes leer y escribir? —me mira de arriba abajo.

Lo lógico sería dar media vuelta y salir, pero me he convertido en un zombie incapaz de pensar de forma racional.

—Sí, claro.

—¿Qué dice? —pregunta la viejita al gordo mientras reajusta el aparato para la sordera que lleva al oído.

—Nada. Viene por lo del trabajo mamá —le responde de mala gana, alzando mucho la voz. Luego regresa su atención a mí—. ¿Sabes hacer cuentas? Es decir, sumas, restas… Cosas básicas.

—Sí, también.

—¿Tu nombre? —saca una hoja de adentro de la impresora y se prepara para escribir en ella.

—Tobías. Tobías Goldstein.

El hijo de puta sonríe un poco, es casi imperceptible, es más como un brillo burlón que aparece en sus ojos; al igual que al resto del mundo, le debe parecer ridículo el nombre de Tobías. Tiene razón, Tobías es un nombre de perro. Está bien si eres un french poodle y tu mayor talento es pararte en dos patas para ganarte una croqueta, pero no para alguien como yo. Aunque, a decir verdad, todavía peor que el nombre de Tobías es el diminutivo, nunca he podido escapar de él. Por desgracia cuando entré al Albatros, la misma escuela donde estudiaba León, fue él quien se encargó de esparcirlo como un virus diseñado para joder mi existencia. "¿Ven a este enano?, es Toby, mi hermano menor. No se vayan a meter con él" —repetía a diestra y siniestra cada que tenía oportunidad, motivando no sólo a que me dijeran Toby, sino a que me hicieran calzón chino a sus espaldas.

Estoy convencido de que son los padres, al tomar esta decisión, quienes se encargan de allanar o entorpecer el camino. ¿Cómo es posible que dos individuos, con la misma educación y la misma sangre, deriven en rumbos tan distintos? No hay otra explicación. León Goldstein, el primogénito: el fiero e implacable rey de la selva; cardiólogo, deportista, perfecto. Tobías, el hermano menor: roquero, pusilánime, huevón como pocos. ¡Tan fácil que hubiera sido todo si me hubieran puesto un nombre judío clásico! Una vez me dijo Dalia que estuve cerca de llamarme Ariel, igual que el abuelo. De haber sido así al menos sería experto comedor de Baba Ganoush y mi vida sería distinta, pero no, se decidieron por Tobías, nombre que significa: "Dios es bueno". Ja-ja.

—¿Antecedentes penales?

—No, ninguno —respondo atragantándome un poco, analizando si me experiencia con R. Lozano se puede considerar antecedente penal.

—Pues mira, Tobías. Estoy buscando a alguien que me ayude con la fotocopiadora y a organizar un poco la bodega. También hay que hacer el inventario todos los días.

—Suena bien... ¿Y cuánto pagan?

—Doscientos diarios —dice en voz baja y muy rápido, intentando que no lo escuche la anciana—. Y si te esfuerzas lo suficiente y las ventas son buenas, te puedes llevar hasta cincuenta pesitos extra de bono.

Es una miseria, pero es más de lo que ganaba en la parroquia. Hago un cálculo mental y concluyo que me tomaría mil años juntar el dinero que necesito.

Ni hablar, necesito comer.

—¿Cuándo empiezo?

—De una vez —dice el gordo abriendo a toda prisa una parte del mostrador para permitirme pasar al otro lado. Luego me extiende la mano—: soy Néstor. La señora es Lupita, mi mamá.

—Mucho gusto —digo hacia la anciana, quien se acomoda los lentes de armazón ancho para analizarme mejor.

—¿Quién es este muchacho, Néstor? —suelta en un grito, con voz chillona.

—Es el nuevo empleado, mamá. Se llama Tobías —le dice fuerte y al oído.

—¡Ah! Pues que empiece por limpiar el baño. No lo has limpiado en años.

El gordo sacude la cabeza con enojo y luego voltea hacia mí.

—¡Ándale! Ya oíste. Allá atrás está el baño y ahí vas a encontrar artículos de limpieza.

Considero argumentar que lo de mi mano me vuelve oficialmente discapacitado para esa labor, pero necesito el dinero, de menos hoy.

Empapo un trapo con desinfectante, coloco un pie encima y lo restriego por donde puedo, moviendo la pierna de un lado a otro, incluso logro pasarlo por la orilla del escusado. Imagino que lo mismo haría una persona sin brazos, luego me pregunto cómo se las arreglará para limpiarse el culo después de cagar.

Una vez que termino con el baño, el gordo me lleva a la bodega para comenzar con el inventario. Tengo que contar productos y cotejarlos contra una lista: Diurex de un metro, 5; diurex de metro y medio 9; diurex doble cara, 4; grapas estándar, 4; grapas uso pesado, 10… en fin. Espero que no pretendan que acabe hoy, sería imposible. Hacer el inventario completo no creo que lleve menos de una semana.

Después de algunas horas de perderme en eso, reaparece el gordo.

—Mijo, ayúdanos con el mostrador, está entrando mucha gente.

Salgo listo para enfrentar a una multitud, pero encuentro que sólo hay cuatro personas: dos señoras cerca del mostrador, que ya están siendo atendidas, y dos más que esperan un poco más atrás, un adolescente con uniforme de secundaria pública y una mamá joven y de aspecto humilde que lleva a un bebé pegado al pecho con la ayuda de un rebozo.

—Tráele a la dama dos pliegos de papel de china color azul, está detrás de las monografías —me ordena el gordo señalando a la mujer que está al frente.

No me toma mucho encontrarlos, ya había pasado por esa parte del inventario.

Mientras la viejita cobra y el gordo saca unas fotocopias, logro captar el momento en que la mujer con el bebé toma un paquete de galletas y lo deja caer en el interior del bolso que lleva al hombro.

—¿Qué se le ofrece? —le pregunto con voz firme, sobreponiéndome a una señora que hace lo posible por entenderse con la anciana.

—Una fotocopia, por favor —responde nerviosa, mostrando la cartilla de vacunación de su bebé.

Me cruzo con el gordo camino a la máquina fotocopiadora y suelto:

—La señora que trae al bebé se acaba de robar unas galletas. Las metió en su bolsa.

En ese instante, como si se tratara de un gato obeso que se avienta encima de un ratón, el gordo levanta la puerta del mostrador, cruza al otro lado y la sujeta con fuerza del brazo.

—¡A ver tú…! ¿Qué te robaste?

—¡No me robé nada señor, se lo juro! —asegura la mujer con voz temblorosa.

El gordo no se ablanda, por el contrario, rápido hunde la mano en el interior del bolso para rescatar el paquete de galletas.

—¿Son éstas, Tobías? —pregunta sin quitarle la vista de encima a la mujer—. ¿Son estás?

—Sí, señor. Yo vi que las metió en su bolsa.

—¿Qué pasa? —grita la viejita levantándose de su silla con la ayuda de un bastón.

—Márcale a la patrulla, Tobías, por favor —dice tajante el gordo.

La mujer del bebé se quiebra en lágrimas.

—¡No, por favor! La patrulla no. Si quiere se las pago.

—¡Claro que las vas a pagar, pinche ladrona!

—¿Qué pasa Néstor? ¿Qué pasaaa? —sigue gritando la abuela, exigiendo una explicación.

—No, señor, ¡se lo ruego! ¡Discúlpeme! Pero es que mi niño no ha comido en todo el día.

—¿Y eso a mí qué chingados? —dice el gordo con el rostro enrojecido—. Ni que fuera yo su padre para que vengas aquí a conseguirle comida. ¡Márcale a la patrulla, Tobías!

—¡Néstoor! ¡Te estoy hablando, hijo!

Ante los gritos de la anciana, el bebé comienza a llorar como si lo hubieran agarrado a palos y la dama de los pliegos de papel de china reacciona histérica.

—¡Óigame, deje en paz a la pobre chiquilla! Si quiere, yo le pago las galletas, pero déjela tranquila.

—¡Néstoooooooor! —grita la anciana una vez más, pegando un bastonazo sobre el mostrador—, ¡te estoy hablando!

Sin más, el gordo libera a la mujer para caminar con violencia hacia su madre, es un gigante dispuesto a arrancar cabezas.

—¡Carajo, mamá! ¡Carajo! ¿Qué, no ves? ¡Están robando el pinche negocio! —le grita muy de cerca salpicándole los anteojos con saliva.

Entonces surge en mí una especie de instinto protector hasta ahora desconocido.

—¡Óyeme, animal! No le hables así a tu madre.

Se hace un silencio total. El gordo resopla dilatando sus fosas nasales y por un instante el tiempo se detiene. Mi atención se centra en una gota de sudor que le escurre despacio por el cachete, se aferra a su papada y cae irremediablemente al suelo.

—¿Qué dices? —pregunta, acercándose hacia mí.

Paso saliva al ver cómo se inflaman las venas de su frente obesa y digo tímido:

—Que no oye bien tu mamá, ya está viejita. Tenle paciencia, tal vez no te dure mucho más.

El gordo se queda pasmado. No estaba listo para un argumento así.

—¿De qué están hablando, Néstor? —insiste otra vez la anciana, quien se quita el aparato auditivo para darle unos golpecitos con la otra mano—. Ya se le acabó la pila a esta porquería. Vas a tener que conseguirme otra, hijo.

El gordo suspira haciendo vibrar sus labios, parece un tractor que se acaba de quedar sin combustible. Inclina la cabeza para jalar aire y tras una brevísima pausa, le dice a la señora de los pliegos de papel de china:

—Son quince de los pliegos y veintiocho de las galletas... Cuarenta y tres en total, por favor.

La mujer abre su monedero de mala gana para sacar la cifra exacta.

—Debería hacerle caso al güero, es usted un pelado.

—Qué pelado, ni qué la chingada. Esto es un negocio serio y yo le hablo a mi mamá como me da la gana.

—¿Sabe, qué? Quédese con sus pinches galletas y sus pliegos de papel —luego camina hacia la puerta y le dice a la mujer del bebé—. Vámonos, mija. Yo te voy a invitar otras galletas, pero te las voy a comprar en otro lado. ¡Vámonos de aquí!

Una vez que el resto de los clientes abandona la papelería, se hace un completo silencio, hasta que la viejita dice:

—Tengo hambre, Néstor, hijo. ¿Qué vamos a cenar?

El gordo suspira una vez más, se acerca hacia su madre y le dice:

—Hoy no tengo ganas de cocinar mamá... Si quieres, puedo ir por unas tortitas con don Mario.

—De milanesa, por favor. ¡Pero sin rajas! Ya sabes que me provocan gases.

Luego, el gordo saca de la caja doscientos cincuenta pesos que me entrega en la mano.

—Doscientos del sueldo de hoy y cincuenta extra que te ganaste por agarrar a la ladrona. Ya te puedes ir. Nos vemos mañana tempranito.

Guardo el dinero, tomo mi saco y salgo casi corriendo en dirección a la calle. No estoy seguro en dónde conseguiré trabajo mañana, sólo tengo claro que no pienso regresar a ese inmundo lugar.

En un Seven Eleven, compro una botella de agua y un sándwich de algo que parece pollo. Es momento de regresar al cuarto de ensayos para establecer otra vez ahí la base de operaciones.

Cuando llego a las escaleras que conducen al segundo piso me detengo a observarlas, ahora parecen mucho más empinadas y chuecas que de costumbre, así que antes de enfrentarlas me siento en el primer escalón a comer. Necesito recobrar fuerzas antes de llegar al lugar que alguna vez me pareció el más emocionante del mundo.

—¡Qué pasó, güero! —escucho la voz de Almita, quien viene entrando a la vecindad con su mochila al hombro—. Hace un rato que no te veía por aquí.

—No, he estado ocupado —respondo antes de darle una mordida al sándwich.

—Pues quién sabe en qué, porque la neta te ves medio puteado —me mira de arriba abajo y dice—: como que ya va siendo hora de lavar tus garritas otra vez, ¿no se te hace?

Le pego un trago a la botella de agua y me limpio la boca con el antebrazo.

—No por ahora, muchas gracias.

Se coloca a mi lado y sacude los dedos, invitándome a que me recorra un poco hacia la izquierda para tomar asiento.

—¿Es cierto lo de la guitarra Jaguar? —pregunta muy entretenida.

La miro de reojo restirar su falda con ambas manos.

—Más o menos. Pero… ¿Quién te dijo?

—Harris. Vino hace unos días a buscar algo en chinga y me alcanzó a contar.

Tendría que investigar un poco sobre esa conversación, no sé por qué intuyo cierto tono de burla, pero prefiero seguir comiendo. Permanecemos un rato en silencio observando a tres niños que corren de un lado a otro con una pelota que tiene dibujado con marcador el logotipo del Club América.

—¿Sabes? —dice de repente girando hacia mí—, en la clase de historia estamos viendo a los mayas.

Abro los ojos grandes, tratando de adivinar a dónde va a llevar la anécdota escolar. Entonces saca un libro de su mochila para abrirlo en una página donde se ve una ilustración de un guerrero maya con cabeza de felino.

—Para ellos el jaguar era el señor de la oscuridad, renovador de mundos y símbolo de poder.

La apasionante coincidencia entre los mayas y la guitarra de Kurt sólo me motiva a levantar las cejas y a clavarle otra mordida al sándwich.

—Según el profe, los mayas creían que el jaguar era capaz de destruir las máscaras que se forman a causa del ego y les permitía encontrar a la bestia que se esconde dentro suyo.

Le quito el libro de las manos, lo cierro con suavidad y lo coloco sobre sus piernas.

—Yo sólo estoy buscando una guitarra, Almita.

Suelta una risilla traviesa y guarda el libro de vuelta en la mochila.

—Ya lo sé, güero, ya lo sé. No me hagas caso.

Se levanta del escalón, suspira suave y dice:

—Pues luego nos vemos, me dio gusto verte... —ya de camino a su departamento alcanza a decir—: ¡suerte con tu jaguar, espero que lo encuentres!

Cruzo los brazos para contener algo de calor, la noche comienza a caer y con ella llega el frío del otoño. Me quedo un rato sentado ahí, viendo a los niños perseguirse alrededor del patio. Luego subo sin prisa hacia el cuarto de ensayos, tengo la vaga esperanza de que haya vuelto la luz. Clic. Nada. El lugar está tan encerrado y oscuro como la última vez. Abro un poco la ventana para dejar pasar la luz que viene del pasillo y así encontrar que la imagen de Kurt tiene una de sus esquinas colgando. Me acerco para desprenderlo todo y comprobar que los boletos a Tijuana siguen detrás.

La fecha y la hora del vuelo no han cambiado, al menos tengo la certeza de algo.

Camino alrededor del departamento levantando mucho los pies, haciendo el intento de no mojarme, mas el agua sube cada vez más de nivel; me cubre hasta los tobillos. Al abrir la puerta del baño escapa una nube de vapor que al desvanecerse me permite encontrar a Lulú acostada en una tina de la que escurre agua.

—¿Qué haces aquí, güey! —me increpa—. ¡No tienes derecho a meterte así en mi baño! Lárgate de una vez.

Con muchísima pena, cierro la puerta tras de mí para correr en dirección a la cocina; tal vez la llave de la tarja también esté abierta. Al entrar, no me parece extraño que la cocina no sea una cocina, sino la recámara de la Bobe, quien está acostada en su cama y sonríe al verme llegar.

—Mi niño, te estaba esperando —dice con voz dulce, la misma que tenía antes del derrame. Por alguna razón sé que, dentro del absurdo mundo de los sueños, ésta es una oportunidad única. Camino hacia ella para tomarla de la mano, luego me hinco a su lado de manera que nuestras cabezas quedan a la misma altura.

—Viejita, tengo muchas cosas que platicarte, necesito tu consejo —le digo con emoción. Pero entonces escucho que alguien golpea la puerta con muchísima fuerza. Me levanto de un brinco y comienzo a buscar como loco la guitarra Jaguar—. ¡Me urge encontrarla! —digo, mientras los golpeteos en la puerta siguen y siguen—. ¿Quién es? —pregunto asustado, aunque antes de escuchar la respuesta ya sé de quién se trata.

—Soy yo. El Rey Jaguar —me responde una voz profunda desde el otro lado de la puerta o tal vez del otro lado del universo, no estoy seguro.

—¡Ahora abro, ya voy! —grito al tiempo que corro por todas partes buscando el escondite. No puedo permitir que él la encuentre antes que yo, todo se iría a la mierda. Busco debajo del sillón, pero ese espacio ya está ocupado por alguien que se ocultó primero, entonces me precipito hacia la ventana para intentar abrirla y escapar. Entonces, los golpes en la puerta se vuelven cada vez más intensos, más acelerados, parece que van en sincronía con mi pulso.

Me despierto asustado al descubrir que los toquidos no vienen de mi cabeza. Camino hacia la puerta con el corazón a punto de estallar y sin entender si estoy despierto o si esto sigue siendo parte del sueño. Abro de una, listo para toparme con el Rey Jaguar, pero a quien encuentro afuera es al Don, ojeroso, con la expresión descompuesta.

—Qué... ¿No vas a encender la luz? —pregunta, listo para entrar.

—No. No hay luz —me pellizco el brazo, esperando que se desvanezca como nube de vapor; pero como no se va a ningúna parte, atravieso el brazo a lo largo de la puerta para evitarle el paso—. ¿Qué onda? ¿Qué haces aquí?

—¡Fue una bronca encontrarte mano! No sé cómo hizo tu madre para conseguir el teléfono de tu amiguita. Fue ella quien nos dijo que tal vez estabas aquí.

Con un mal presentimiento, me quito las lagañas de los ojos restregándolas con la mano, luego salgo al exterior. No tengo idea de la hora, pero por el frío y el poquísimo ruido que se escucha en la calle calculo que deben ser las dos o tres de la mañana. Puedo anticipar que ésta no es una simple visita amistosa, incluso creo saber de qué se trata.

—Tu abuela tuvo otro derrame. Murió como a las cuatro de la tarde —suelta apesadumbrado y sin dejar de estirar la cabeza para husmear en el interior—. Creo que necesitabas saberlo.

Una nube cargada de lluvia púrpura

Aunque Lisa procuraba mantener su atención puesta en el camino, cuando se encontraba con una recta larga aprovechaba para mirar con recelo a Madison, quien roncaba con placidez.

—Perra, no sé cómo se las arregla para ganar siempre en el piedra-papel-o-tijera —susurró, subiéndole todavía más al volumen de la música para despertarla.

Atravesaban la Interestatal 805 en dirección a Chula Vista; el plan era pasar la noche en casa de Sandra, celebraba su mayoría de edad y habían quedado de ver un maratón de *Buffy*, comer pizza y beber al fin con todas las de la ley. De repente, hubo algo que llamó la atención de Lisa: una visión que la hizo detener el viejo Toyota a la orilla del camino y descender boquiabierta. Madison la alcanzó momentos después; seguía medio dormida y supuso que habían parado por una falla mecánica.

—¿Todo bien?, ¿qué pasó? —preguntó asustada, poniéndose el gorro de su hoodie.

—¡Mira eso! —dijo Lisa, señalando hacia el cielo.

—¿Qué cosa? No veo nada.

Se colocó detrás de ella, la sostuvo de la cadera y la hizo girar unos diez grados para mostrarle cómo unos rayos de sol atravesaban perezosos una nube creando una figura muy particular.

—¡Ahí!, ¿ya viste?

Se frotó los ojos varias veces con los nudillos, como para afinar la vista.

—Hummmm. ¡Ya vi! Parece el monstruo de Loch Ness, ¿no? —soltó en medio de una risilla.

—No, no, idiota. Fíjate bien.

Madison entrecerró los ojos una vez más y se quedó callada, tratando de encontrar la forma.

—¿Es un ángel?

—¡Casi! —le respondió sacando su teléfono para tomar una foto— ¡Es Prince!

Al instante, las uñas largas de Madison se clavaron en el antebrazo de su hermana.

—¡No mames, güey! ¡Sí, es cierto!, ¡ya lo vi! Está tocando su guitarra, ¿no?

Ambas se sentaron sobre el cofre del auto para disfrutar de un concierto celestial en el que ellas eran las únicas invitadas. Prince se miraba un poco inclinado hacia adelante, concentrado en el sonido de su guitarra. Se podía ver con claridad su pelo alborotado, su copete que le caía enfrente de la cara, su bigote delgado; esa característica figura que a Lisa siempre le hacía pensar en el otro príncipe, el de A. de Saint-Exupéry.

—¡Güey! Esto está muy loco... ¿Sabes cómo se llamaba la guitarra favorita de Prince?

—No, no... ni idea.

—Se llamaba *Cloud* —le dijo Lisa, pasando la mano por encima de su hombro.

A Madison no le importó que ésa fuera una de las rutas preferidas de la policía de California; buscó en el interior de su bolso el hitter y el Zippo, encendió la droga, aspiró hondo y soltó:

—¡Clooooud!

La vida es una puta canción. Un carrusel de notas que vienen y van; a veces son alegres, otras, aburridas, y casi siempre, trágicas. Lo que es inevitable es que todas llegan a un final y, cuando la música termina, aquellos que bailaban entusiasmados hacen un pequeño receso para recargar fuerzas y alistarse para lo que sigue, porque saben que después de esa canción empieza otra y luego otra más. Claro, a menos que no seas una canción y seas un himno. En cuyo caso la gente se va a acordar de ti siempre. Entonarán tus versos como si fueran suyos y convertirán los coros que representan tu vida en un tesoro digno de guardarse siempre. No es el caso de mi Bobe, muy pocos se acordarán de ella. Setenta y nueve años de andanzas, de lazos, de recuerdos, se acaban de esfumar como un suspiro, como otra mugre canción.

Me cubro la cara con ambas manos en un intento de contener las lágrimas, no quiero que el Don atestigüe cómo me desmorono. De repente, siento su mano caer encima de mi hombro como para darme consuelo, pero lo único que logra con eso es hacerme retroceder de un salto y cerrar la puerta de golpe. Lo hago con repulsión, como si se tratara de la muerte que también viene por mí.

Me tiro en posición fetal sobre el sillón, acomodo el pulgar detrás de mis dientes y doblo las piernas para tratar de disminuir el tremendo frío que crece en mi interior. Mientras tanto, escucho cómo el Don vuelve a golpear la puerta. ¡Toc, toc, toc! Primero lo hace con discreción, pero pronto los toquidos se hacen fuertes.

—Tobías, ¡vámonos! Le prometí a tu madre que iba a llevarte conmigo. Si quieres, mañana regresas a tu jodida vida, ya me importa un carajo lo que hagas o dejes de hacer —dice con voz enérgica. ¡Toc, toc, toc!

Aprieto lo ojos haciendo un esfuerzo por evocar algún buen recuerdo de mi abuela, alguno previo al primer derrame, pero lo único que viene a mi mente es la Bobe, en su silla de ruedas, luchando por fijar su vista en algún punto.

Después de un rato el Don se da por vencido y suelta en tono insondable:

—Ni se te ocurra pararte en el *Shiv'ah*.

Aunque busca infligirme un castigo, en realidad me está haciendo un favor. No me gusta el *Shiv'ah*, mucho menos los entierros. Lo único que quiero es dormir y no despertar hasta que la vida me conceda una tregua.

Tenía dieciocho años cuando me enteré de la muerte de León, él acababa de cumplir veinticuatro. Era el orgullo y felicidad de mis padres: guapo, rubio, un poco más alto que yo, de complexión robusta y cabello rizado. Siempre lo jodía diciéndole que era una auténtica pieza de museo, que sólo le hacía falta colgarse una placa de latón que dijera: "*MARBLE BUST OF ROMAN MAN*".

Poco tiempo antes del accidente fue nombrado alumno estrella de su generación y llevaba algunos meses de haber comenzado a hacer sus prácticas en un hospital público. Tenía una guapa novia, paisana por supuesto, única heredera de una familia con mucho dinero. Él aseguraba que se casaría con ella una vez que terminara la especialidad.

La vida se le ponía por delante como si se tratara de una inmensa y mullida alfombra roja, dispuesta de tal forma que si en algún momento llegaba a caer, el golpe sería imperceptible. Pero el golpe resultó brutal, violento, mucho mayor a lo que el destino exitoso de León había preparado: un camión de la línea ADO, en sentido contrario, se estrelló contra el auto donde viajaban mi hermano y el Don, matando instantáneamente al primero y dejándole a mi padre una herida de la que nunca se ha podido recuperar.

La noticia del accidente llegó un domingo por la tarde, justo a la mitad de un ensayo. No sé por qué me acuerdo de este detalle, pero estaba ecualizando los agudos del amplificador cuando Jonás Tórtolo se introdujo con el rostro descompuesto. No dijo nada, sólo desvió la mirada al suelo y me alcanzó el teléfono con mano temblorosa. Del otro lado de la línea esperaba un policía judicial que tenía la instrucción de decirme dónde estaba internado mi padre y qué debía hacer para recoger el cuerpo de mi único hermano. Así, de repente, de un segundo a otro, la vida perfecta de León se redujo a un bulto al que tuve que ir a buscar.

De alguna parte tuve que sacar fuerzas para darle la noticia a Dalia, a quien no podían localizar porque al momento del accidente se encontraba en el club dándose un masaje con piedras calientes.

Regresaban contentos de pasar un fin de semana a solas. El Don había citado a unos arquitectos que le presentarían proyectos para remodelar la cabaña de Avándaro y a León le pareció buena idea ir con él. El accidente tuvo que ver con la imprudencia del conductor del camión y con el piso mojado de la carretera provocado por las fuertes y ahora siempre jodidas lluvias de verano. La cabaña nunca se remodeló, por el contrario, se mantuvo casi en el abandono hasta que el Don se decidió a rematarla hace un par de años.

Poco después del accidente, por un tema de lógico descarte y como sucede en todas las monarquías, el segundo hijo varón se convirtió en el sucesor a la corona. De la noche a la mañana todo lo que se esperaba de León se trasladó hacia mí, por lo que no tardé mucho en comenzar a buscar escuelas de música en el extranjero.

Un ruido espantoso hace que me levante de un salto. Abro rápido la ventana para encontrar a un vecino que arrastra un tanque de gas de treinta kilos a lo largo del pasillo. Considero mentarle la madre, pero ¿quién soy yo para quejarme del ruido? Una vez que el sopor se disipa, regresa a mí la muerte de la Bobe y la visita del Don como un chorro de agua fría que me provoca un hoyo en el estómago. Durante un brevísimo instante considero la posibilidad de que haya sido parte del sueño con el Rey Jaguar, pero no tardo en descubrir un fajo de billetes que metió el Don por debajo de la puerta. Cuatro mil doscientos pesos que, en lugar de reconfortarme, me hacen sentir aún más miserable. Seguro ésa era su intención: poner un cebo, dejar una pequeñísima muestra de todo aquello que pudo ser mío.

La clase de catecismo comienza en media hora. Me encamino hacia allá con la certeza de que mi Bobe se sentiría orgullosa de ver cómo me esfuerzo en lograr aquello que me propongo. Ella sabe que no tendría ningún sentido hacer algún ritual, ni mucho menos tomar el camino fácil de sumergirme en la tristeza.

Entro a la parroquia con cautela para encontrar al Padre Diablo y tres niños de unos diez años que recitan un texto a coro y a todo pulmón. Al sentir mi presencia interrumpen la lectura.

—Hijo, Tobías… Siéntate por favor, pensamos que ya no vendrías —dice el Padre Diablo sorprendido, acercando una silla plegable hacia mí—. Estamos viendo los Hechos de los Apóstoles.

—No puedo quedarme hoy —saco rápido el dinero de la bolsa de mi saco y se lo muestro con disimulo—. Nada más vine a entregarle una cosita.

El tipo abre grandes los ojos, esboza una sonrisa sutil y se levanta de su asiento.

—Ah, sí, sí. Vamos a otra parte, por favor, vamos, vamos —ya encaminado, se detiene en seco para gritar hacia los niños—: no tardo, jóvenes. Por favor, lean la primera epístola a los Corintios… Habla de cómo Pablo enfrentó a los paganos, aquellos desalmados que se creyeron capaces de quebrantar la voluntad del Señor —al decir esto, me da con el codo en las costillas.

—No esperaba verte tan pronto —dice entrando a la oficina.

—La verdad es que yo tampoco a usted —le entrego el dinero que se pone a contar de inmediato—, pero me cayó una lanita con la que no contaba y quise traérsela antes de que suceda otra cosa.

—Dos mil quinientos. No está mal. A este paso vas a acabar de pagar rápido.

—Eso espero —digo suspirando hondo, echando la mirada al suelo.

—¿Todo bien hijo? —suelta fingiendo que le importa.

—Todo bien —respondo fingiendo que todo está bien.

No tengo problema para cruzar la caseta de vigilancia, todos los policías me reconocen y al parecer no han recibido la instrucción de negarme el acceso. Sólo hay uno que tuerce la mandíbula al verme llegar a pie, pero basta con una mirada altiva para hacerlo adoptar una actitud servil.

Ayer concluyó el *Shiv'ah*, la semana reglamentaria de duelo, así que dudo mucho que mis padres sigan por ahí. Como todos los lunes, Dalia se debe haber ido a la Fundación a fingir que ayuda a gente afectada por accidentes automovilísticos. También es el día en que el Don tiene la imperdible junta donde se revisan las facturas vencidas. Desde hace años, ambos dedican los lunes a resolver sus respectivas pérdidas. Por eso era mi día favorito, en el que aprovechaba para dormir hasta tarde sin que nadie me rompiera las pelotas. Ahora sin la Bobe y sin la enfermera Rosa Bertha, la actividad debe ser nula.

De cualquier manera, debo estar listo en caso de que mis padres se encuentren merodeando por ahí; así que repaso mi coartada. Tengo una muy cercana a la realidad, una que además es irrebatible: les pienso decir que vengo a buscar una fotografía de la Bobe, que estoy en todo mi derecho de conservar algún recuerdo suyo.

Después de un rato de tocar el timbre, la puerta se abre apenas unos pocos centímetros para dejar ver un fragmento del rostro de Concha Tórtola.

—Ay, Tobías —dice cerrando la puerta para zafar la cadena de seguridad y luego abrirla a toda su anchura—. ¿Qué haces aquí, niño?

—¿Están mis papás? —pregunto haciéndome el despistado.

—No. Salieron a trabajar. ¿Qué haces aquí?

—Vine a buscar una foto de mi Bobe, la extraño.

—¿Una foto?

—Sí, ¿te parece raro? Estoy en todo mi derecho de conservar algún recuerdo suyo —digo exagerando la tristeza en mi voz.

De mala gana retrocede para darme el paso, por lo que me introduzco a toda prisa cerrando la puerta tras de mí, prefiero no ser visto por algún vecino indiscreto.

—¿Y tu marido? —pregunto mirando en todas direcciones, tratando de identificar de qué forma han cambiado las cosas desde mi ausencia, pero la verdad es que todo luce igual.

—Tampoco está. Fue a comprar insecticida para el jardín, creo que les salieron unos bichitos a los cerezos.

—Hum… ya veo. ¿Te importa si paso a su cuarto?

—¡Ay, Tobías! Si tus papás se enteran que te dejé pasar, me van a correr.

—No se van a enterar, te lo prometo.

La mujer agita la cabeza en repetidas ocasiones, pero no para negarme el paso, sino como para ella misma, porque en el fondo sabe que está a punto de cometer un grave error. Se detiene al descubrir mi mano izquierda, frunce el ceño y dice:

—¿Y eso?

—Un accidente.

—Bueno, pásale. Pero no te vayas a tardar —suplica, tronándose los nudillos—, no quiero que te vaya a ver Jonás, él sí ya no debe de tardar.

No ha acabado de decir esto último cuando ya camino a través del largo pasillo que nace en el recibidor y que lleva al resto de la casa. Metros antes de llegar a la habitación de la Bobe, no puedo evitar hacer escala en la vitrina de los pájaros para observar al faisán de pico abierto. Me siento tentado a hacer algo por él, pero antes volteo hacia atrás para encontrar que Concha me observa compungida.

—No te preocupes, te prometo que busco una foto y me largo. No tengo ninguna intención de quedarme aquí —aseguro de mala gana—, tú sigue en lo tuyo.

Antes de abrir la puerta del cuarto ya siento cómo se me empiezan a aguadar las tripas. A una parte de mí le encantaría verla, darle un abrazo largo y decirle lo mucho que la extraño; pero a la otra, le daría terror encontrarla ahí: gélida, con la expresión tiesa y el alma arrancada, igual que los pájaros del Don. Por suerte no encuentro nada extraordinario: la cama tendida y su bata de seda puesta sobre la mecedora de la misma forma en que la colocaba Rosa Bertha antes de sacarla de la cama. Incluso se podría pensar que está en el baño o tomando el aire en el balcón, salvo porque la silla de ruedas se mira solitaria en una esquina, como si fuera consciente de que perdió a su compañera de años.

Coloco el dedo pulgar detrás de mis dientes, tomo asiento sobre la cama y brinco ligeramente en ella, es mullida y le rechinan los resortes. Resulta increíble que sea el mismo colchón donde dormía con el abuelo Ariel, nunca quiso cambiarlo por uno nuevo. Un reloj eléctrico parpadea a las 12:00 y produce un ligero sonido cada que prende y apaga. Considero la posibilidad de que el reloj se haya detenido a la hora en que murió la Bobe, como dicen que a veces sucede con los relojes antiguos, pero pronto me doy cuenta de que es una idea estúpida.

Mi mirada recorre los cuadros, los retratos familiares en blanco y negro que descansan sobre una repisa y una variedad de objetos que alguna vez significaron algo para la Bobe y que, estoy seguro, después del derrame se convirtieron en nada. Luego de un rato mi atención se dirige al clóset que está a mi izquierda. Permanezco un rato observando las vetas que se dibujan en la madera, creo ver en ellas a un tipo que grita desesperado, clamando ayuda, igual que en el cuadro de Munch. Me levanto despacio y abro una de las puertas con muchísimo cuidado de no hacer ruido. Al instante emerge un olor, una bomba sensorial que me hace tragar saliva y apretujar la quijada. Es el olor del perfume que usaba hace años la Bobe, mezclado con el aroma rancio que producen las cosas guardadas por años. Abro el cajón de abajo, hundo la mano entre las ropas y saco el joyero. Es una caja de madera con muchísimos compartimentos que se extienden al levantar la tapa. Sin darle oportunidad a la reflexión ética, tomo el anillo más grande que veo y lo guardo en la bolsa de mi saco. Luego, regreso la caja a su lugar y reacomodo la ropa, incluso desaparezco las arrugas pasando la palma de la mano encima una y otra vez.

Cierro la puerta del clóset, tomo una foto de mi Bobe de la repisa y salgo rápido de la habitación. No veo a Concha cerca, por lo que corro en dirección a la vitrina para sacar al faisán. "No vayas a decir ni una palabra de esto. ¡Cierra el pico!", digo soltando una risita boba. Luego hago presión con dos dedos. ¡Clac! Se borra la risa de mi rostro cuando la parte inferior del pico sale volando. Aterrado, aviento de regreso al faisán y cierro la puerta de la vitrina.

—¡Concha, me voy! —grito.

Emerge de la cocina con las manos repletas de espuma.

—¿Encontraste tu foto?

—Sí, sí, muchas gracias —trago saliva al ver que junto a mi Doc descansa el pedazo del pico, así que lo pateo para mandarlo debajo de un mueble—. Por favor, no le vayas a decir a mis papás que vine, ¿sí? Hazme ese favor.

Una vez más agita la cabeza, sabe que hace mal.

—¡Ay, Tobías! *Deveras* que me vas a meter en un problema, niño.

—No, no te preocupes Concha. Nadie se va a enterar.

Alma oscura

El taller de la casa de Eric parecía más un quirófano, que un lugar diseñado para construir y reparar guitarras. Todas las paredes estaban repletas de sierras, ángulos, lijadoras e instrumentos de carpintero, acomodados de chico a grande, con un orden compulsivo.

Arriba de la mesa de operaciones, que iba de un lado a otro de la habitación, descansaban tres guitarras que consiguió en una tienda de música en Nashville. Clapton las miraba de cerca acariciándose el mentón. Eran excelentes piezas, pero no lo suficiente como para sustituir a alguna de sus guitarras habituales.

En ese momento entró una llamada directa del hotel Astor, en Nueva York. Era su amigo George Harrison, quien se encontraba de gira en Estados Unidos.

—¿Qué haces?

—Nada. Debatiéndome si tirar o no a la basura unas Strato que compré en la última gira.

—¿Cuántas Strato?

—Tres.

—¡Consérvalas! Eres tan torpe con las manos que lo mejor es que tengas varias de repuesto.

Aunque Clapton rio con fuerza, la feroz competencia que había entre ellos lo hizo apretar luego la quijada. Miró de nuevo en dirección a la mesa del taller, entrecerró los ojos y dijo:

—Las voy a usar para construir la mejor guitarra que se haya hecho y con ella voy a grabar un álbum que te va a callar la boca.

—Suerte con eso.

—Suerte a ti en América… no la vayas a cagar como de costumbre.

Colgó el teléfono y se puso manos a la obra. Con las pastillas de una, el puente de otra y el brazo de una más concibió a *Blackie*, una guitarra casi tan oscura como eso que sentía por George.

Cuarenta y ocho mil cuatrocientos cincuenta pesos es lo que resulta del avalúo, más del doble de lo que había imaginado. Lejos de sentirme culpable, estoy convencido de que es lo que mi Bobe hubiera querido. Por un lado, sé que ella ya no lo necesita; de no habérmelo llevado yo, eventualmente se habría convertido en parte de una nueva y estúpida vitrina llena de aves disecadas. Por el otro, siempre fui su consentido, lo merezco más que nadie. "Mi niño", me decía hasta antes del derrame. Era quien se ponía de mi lado cuando las cosas no iban bien en la escuela o durante las crisis adolescentes; siempre le decía a mis padres que algún día los iba a hacer sentir muy orgullosos.

Dejo el Monte de Piedad convencido de que no falta mucho para salir de otra casa de empeño, sólo que será con una victoria de seis cuerdas y un millón de posibilidades, una varita mágica que me convertirá en un ídolo. Todos los acontecimientos de los últimos días se diluyen al saber que al fin voy a lograr callarle la boca a todos esos idiotas que se han reído de mí.

Dos cuadras más adelante, encuentro una tienda de chucherías para turistas donde compro un celular chino y un bolsillo secreto para guardar dinero, ésos que se sujetan por dentro del pantalón con la ayuda de un par de alfileres. Pido el baño prestado, un espacio tan pequeño que el lavabo queda encima del retrete. Bien podría cagar y lavarme las manos al mismo tiempo, pero en lugar de eso divido el presupuesto por objetivos: veinte mil novecientos pesos que es lo que le debo al Padre Diablo con todo e intereses; el resto para intentar hacerme de la guitarra Jaguar. Le doy un beso a ese último apartado y lo introduzco en el interior del bolsillo secreto, asegurándome varias veces que esté bien sujeto a mis jeans; incluso, intento hacer unas flexiones para comprobar que no reviente a causa de la presión que ejercen los pliegues del abdomen bajo.

Antes de encaminarme a San Miguel Hilarión hago escala en un McDonalds donde ordeno un paquete de hamburguesa triple con refresco y papas grandes. Como ansioso; no temino de pasar un bocado y ya estoy pegando el siguiente, ayudado de sorbos de Coca Light. En este momento, mi mente trabaja sólo para el estómago; mis movimientos son automáticos. No es hasta que devoro la última papa frita que me viene un sentimiento de culpa. ¡Joder, me acabo de robar el anillo de la Bobe!, ¡un puto anillo de cuarenta y ocho mil cuatrocientos cincuenta pesos! El valuador dijo que por su tipo de engarzado era una pieza europea, tal vez del s. XIX. Estoy casi seguro de que proviene de Kielce, el pueblo polaco de donde es originaria la familia Kowalczyk, padres de la Bobe. Llegaron a México antes de las grandes guerras, por lo que los horrores del Holocausto apenas los sufrieron leyendo los encabezados de los diarios y escuchando las débiles transmisiones de su radio de onda corta. Vinieron porque se asociaron con un español, dueño de una tienda de telas en el Centro que años después terminaron por comprar. Según me platicó la Bobe, no les costó mucho adaptarse a esta nueva tierra: muy pronto compraron una casa en la calle Correo Mayor y tuvieron tres hijos a los cuales educaron bajo los más estrictos preceptos de *Hashem*.

Ese anillo cruzó todo el Atlántico, tal vez significó la promesa de un gran futuro en América. ¿Qué dirían esas personas tenaces, aquellos que con su sudor nos aseguraron un futuro a sus descendientes, si supieran que su bisnieto lo vendió para comprar una guitarra eléctrica? Hay una niña de cuatro años que no me quita la vista de encima, le parece entretenida la forma en que desaparezco un helado de vainilla con muy pocas lenguetadas. "El fin justifica los medios", creo que decía Maquiavelo. Espero que haya tenido razón, de lo contrario más que estar a un paso de la gloria, me encuentro a uno del infierno.

Me familiaricé tanto con la parroquia que me es natural atravesarla, recorrer el pasillo y abrir la puerta de la oficina sin tocar, como si fuera mi casa. Ahí, sacudiendo sus nalgas lechosas, encuentro al Padre Diablo comiéndose un Baba Ganoush con la gorda Esther. Ella se encuentra acostada encima del escritorio, con la falda levantada hasta la cabeza y él le propina fuertes empellones que la hacen soltar grititos agudos a cada uno. Están tan metidos en lo suyo que no se dan cuenta de mi presencia. La razón me dicta salir y cerrar con sutileza pero, justo cuando la puerta está a punto de hacer contacto con el marco, la vuelvo a abrir, esta vez de par en par.

—¡Buenas! Quiero arreglar lo de mi deuda —suelto radiante.

Brincan como resortes, medio se reacomodan las ropas y pelan los ojos al ver que mi nuevo teléfono chino apunta indiscreto hacia ellos.

La gorda se comienza a ahogar, jadea ahora con más intensidad, pero no por placer, sino de pánico. El Padre Diablo no sólo palidece: su piel morena se torna ceniza al tiempo que coloca ambas manos sobre su cabellera despeinada, como si hiciera presión para evitar que le estalle la cabeza.

—¡No mames, Tobías, no mames! ¡Te juro por Dios y por nuestro santísimo que nada de esto es lo que parece! ¡Esthercita y yo estábamos haciendo oración, hijo!

La gorda se acomoda los calzones y sin levantar la mirada sale corriendo en dirección al pasillo.

—¡Qué oración ni qué la chingada! Quiero que escriba un documento diciendo que mi deuda está saldada. De lo contrario me voy a encargar de publicar este video por todo el puto mundo —digo guardando el teléfono en el bolsillo interior de mi saco de piel.

Su piel ceniza se pone de color rojo, la bilis le inunda los ojos y sus dedos se comienzan a contraer hasta que las uñas se clavan en las palmas de sus manos.

—¡Hijo de la grandísima puta madre! —dice salpicando saliva en todas direcciones—, eres un cabrón, malagradecido.

Camino con calma hacia la silla que está justo debajo de la ventana por donde se metió Carlicero y tomo asiento. Nunca me había sentido tan cómodo en una silla de lámina.

—Rápido. No tengo todo el día —digo cruzando una pierna, sobándome la barbilla.

La rabia no lo deja reaccionar, sólo se escucha su respiración tan fuerte que parece un toro listo para embestir, mas no me intimida porque por primera vez soy yo quien tiene el control. Vuelvo a sacar el teléfono, finjo reproducir el video y comienzo a reír.

—¡Carajo! Esto va a ser un exitazo en YouPorn —la realidad es que no existe video alguno. Este puto teléfono chino no es ni siquiera capaz de tomar una fotografía. ¡Apenas pagué por él doscientos pesos! Pero eso sólo lo sé yo.

Resignado, el padre camina hacia la parte trasera del escritorio, toma una hoja membretada con una cruz y una gran paloma sobre la que comienza a escribir con mucha fuerza, casi rasgando el papel. Observarlo me provoca un placer indescriptible, tanto que hasta me parece un sentimiento nuevo, no recuerdo haber experimentado algo así.

Ni un minuto después, camina con pesar hacia mí y me entrega la hoja con una expresión áspera.

—Borra ese puto video.

—No voy a borrar una mierda —digo feliz, arrebatándole el papel—. Cualquier cosa que vuelva a saber de usted, del idiota de Caleb, de su novia Esther o de esta jodida parroquia, este video le va a llegar hasta al Papa. Se lo juro.

—Ni creas que te vas a salir con la tuya, Tobías... Yo, tal vez, pero Dios no perdona.

Doblo el papel en cuatro y lo guardo en la bolsa de mi saco.

—Ya veremos, ya veremos —digo mientras salgo del lugar dando pequeños saltitos.

Creo todo se comienza a alinear; de hecho, la tarde me parece preciosa, a pesar de que el sol se esconde detrás de un grupo de espesas nubes y de que el parque que está cerca del trabajo de Lulú no tiene los argumentos necesarios para llamarse parque. Es bastante pequeño, repleto de basura y está flanqueado por tres avenidas donde cientos de automóviles se amontonan para avanzar.

—¿Qué pasó? ¿Para qué me citaste aquí? —dice indiferente, levantándose de una banca al verme. Lleva un vestido a rayas de tela de algodón y un lápiz clavado al pelo que busca contener un chongo de color azul que está a punto de desbaratarse.

Intento darle un beso en la mejilla, pero al instante voltea la cara. Entonces la sostengo de la muñeca para evitar que escape.

—Te quería ver porque mañana salgo a Tijuana y no me quería ir sin despedirme. Creo que la última vez quedamos un poco mal, ¿no crees?

Libera su brazo sacudiéndolo un par de veces y da dos pasos atrás.

—No, para nada. Tu carta fue súper clara —dice mientras se le forman las arruguitas en la frente.

Me siento en la banca. Un instante después ella lo hace también, sólo que al otro extremo. Permanecemos un rato en silencio, viendo cómo las ramas de un árbol se menean con el aire.

—Me enteré de lo de tu abuela —suelta de repente—. Lo siento mucho.

—Gracias, flaca —digo sintiendo más vergüenza que pesar.

Un vendedor de paletas de agua se estaciona enfrente de nosotros; es un viejo con sombrero de palma y tenis que sonríe amable mientras menea una hilera de pequeñas campanas.

—¡Hay paletas, hay paletas de agua, de crema! ¡De limón, de naranja!

—Gracias, no —digo de mala gana, negando con un dedo.

—¡Hay de vainilla, chocolate, de coco…!

—Ya te dije que no, amigo.

En ese momento, Lulú mete la mano en su bolso para sacar unas monedas.

—¿Tiene de grosella? —pregunta caminando hacia él.

—Claro que sí, señorita —le contesta el otro, levantando la tapa del carrito para buscar en el interior.

El viejo se marcha contento de haber cerrado la venta, Lulú, en cambio, vuelve al lado mío con molestia, como si fuera una obligación. Tan pronto se lleva la paleta a la boca sus labios se entintan de color rojo artificial.

—Me imagino que si te vas a Tijuana es porque ya conseguiste el dinero que necesitabas, ¿correcto? —dice limpiándose una gota que le escurre por la barbilla con el dorso de la mano.

—Sí, por suerte sí, flaca —giro mi cintura hacia ella, buscando que nuestros ojos se encuentren—. Te prometo que regresando te pago lo de *Woodstock*, tenemos que recuperar tu moto.

—No, no me tienes que pagar nada —dice indiferente, volteando hacia atrás; como si una mugrosa ardilla que corre por un cable de luz fuera más importante que nuestra plática—. Si te sobra dinero, mejor opérate la mano.

—Ése es mi siguiente objetivo —veo la sutura, parece una araña dibujada por un niño de tres años.

—Pues mucha suerte, Tobías —suelta cansada. Entonces le da una mordida a la paleta para arrancarle la punta—. Ojalá encuentres todo lo que estás buscando.

—Tal vez es mi imaginación, pero… ¿Sigues enojada?

—No, no, para nada. De verdad, te deseo toda la suerte del mundo.

—Mira, flaca, no te quería ver para pelear. Mi única intención era decirte que siento mucho todas las cagadas que he hecho y también para agradecerte de nuevo por salvar a *Woodstock*.

Toma la paleta de la punta del palo y deja que el peso del hielo la haga girar hacia abajo. Luego coloca sus codos encima de las rodillas y se queda viendo cómo las gotas de grosella caen una a una en medio de sus Converse formando un charco de color.

—Voy a entrar a tocar en una banda —dice después de un rato sin ninguna emoción.

—¡Qué bien! Al fin una buena noticia.

Deja caer la paleta y se levanta de la banca para fijar su mirada en mí.

—Sí, sí lo es. Es una banda en Los Ángeles. Me voy a vivir para allá y me voy a llevar a *Woodstock*… Como pusiste en tu carta: ahora es mía.

Las palabras me abandonan, incluso los pensamientos; se me forma un nudo en el corazón. Han sido demasiadas pérdidas en muy pocos días, hasta que de repente nace de mí una frase que nos sorprende a los dos, una que viene de una parte oscura y muy hija de puta:

—Lástima, esa guitarra merecía mejor suerte.

Una sonrisa se dibuja en su cara, una muy sutil. Una sonrisa definitiva que indica que al fin crucé la línea y que esas estúpidas palabras formaron un abismo entre los dos.

—¿Sabes qué, Tobías? Chinga a tu madre —dice emprendiendo el paso hacia alguna parte, muy lejos de mí—, que seas muy feliz.

Me dejo caer sobre la banca para ver cómo un pedazo de mi vida se pierde a lo lejos, a toda velocidad.

Me entretengo en el recorrido que va de la calle Coahuila hasta avenida Revolución. Es un revoltijo cultural, un carnaval perpetuo saturado por negocios y por muchísima más gente que, como yo, parece no tener claro cuál es su lugar ahí. Es como si se hubiera provocado una colisión entre Estados Unidos contra México, produciendo un engendro fronterizo que combina ambas formas de pensar y todos los vicios. En una sola cuadra conviven El Tucán, Hand made custom jewelry, la taquería El Chato y sus brothers y la disco Medusas bar: margaritas & mariachi. Huele a maíz, a chile y a Budweiser. También a viagra y cocaína. Los gringos, todos ellos alcoholizados, se encuentran con los mexicanos sonrientes, listos a proporcionarles lo que sea que estén buscando.

Sostengo mi aliento al cruzar frente al Iguanas Ranas, el antro donde tocó Nirvana veinticinco años atrás. Todo este tiempo lo imaginé como un antro *underground*, pero en realidad es una esquina bastante concurrida, decorada con el gusto de un *redneck,* pero con el presupuesto que tendría un rey del narco. Resalta un gran letrero que dice "*SAVE THE TOURISTS*" y en la pared el esqueleto de un autobús escolar empotrado a media altura, encima de la puerta principal. Parece que el día de hoy —supongo que al igual que todos los días— tocará una "*Live mariachi band*". Presentarse en este lugar le debe haber parecido a Kurt otra de sus tantas pesadillas. Lo imagino zigzagueando por la banqueta en la que camino ahora mismo, con una botella de cerveza caliente en la mano y hablándose a sí mismo, insultándose por haber aceptado la sugerencia de tocar en México y por dejar su guitarra en el bar. Seguro estuvo a punto de pelearse con alguien afuera de una de las tantas vinaterías 24 horas. Iba caminando con la cabeza gacha y se estrelló con un grupo de cuatro californianos. Sujetos fuertes, miembros de un equipo de futbol e igual de borrachos que él; cuatro orangutanes listos para armar camorra a la primera provocación. Lo insultaron por su aspecto raro y se rieron de su camisa a cuadros demasiado grande. Lo que más enojaba a Kurt es que intentaran humillarlo, así que los encaró con las pupilas dilatadas y la quijada torcida; a pesar de no ser muy alto y de su aspecto famélico, tenía experiencia en deshacerse de tipos así. Con voz áspera, resultado del mal show y de que la salida de los monitores no era suficientemente alta, dejó escapar un grito que parecía el de un dinosaurio deseoso por arrancar cabezas: "*Fuck off!*" Los tipos rieron entre ellos, fingieron sentir lástima y siguieron su camino. "*Fuck you... Fucking freak!*" Luego, después de eso, Kurt se introdujo a la vinatería para conseguir otra cerveza y unos American Spirit mentolados. Yo lo hago también. Camino por el pasillo que conduce hasta la sección de refrigeradores y abro la puerta. Permanezco un momento inmóvil, dejando que el frío escape un poco hasta que se me contraen todos los poros. Luego tomo una botella de agua simple que destapo para darle un trago. Aunque el clima es frío, recorrer esa zona de Tijuana a pie es como recorrer el mismo infierno. La mujer que atiende me cobra en dólares y pone mala cara cuando le digo que sólo tengo moneda nacional y que su único remedio es hacer la conversión.

Estoy a cinco cuadras de la Casa de Empeño Culiacán, a cinco cuadras de alcanzar la cima de mi Everest personal. Una vez ahí, espero encontrar un valle florido, un lago de agua cristalina donde nadan peces de colores y se esconde el reconocimiento que he buscado toda mi vida.

A cada paso, el corazón me late con más y más fuerza hasta que, de repente, la descubro del otro lado de la calle: "Culiacán Pa-n Shop". La luz que debería iluminar la letra *W* no funciona, pero eso no me impide identificar el lugar. Como si fuera un autómata cruzo entre los coches, incluso un taxi tiene que frenar súbitamente para no destrozarme las rodillas. "¡Pinche gringo orate, fíjate!" —grita el conductor.

Empujo la puerta y entro con los ojos cerrados, esperando encontrar algo extraordinario al abrirlos, pero la verdad es que es una casa de empeños como cualquier otra: un mostrador enmarca todo el espacio retacado con miles de piezas de joyería, en su mayoría anillos de compromiso que invitan a imaginar las historias rotas que hay detrás de cada uno de ellos. Los relojes están contenidos en un mueble de vidrio encima del mostrador, bueno, más que mueble parece una pecera con entrepaños también de vidrio. Detrás del mostrador y pegados a la pared hay tres filas de repisas donde se exhiben toda clase de aparatos eléctricos: televisores, radios, reproductores de DVD y hasta licuadoras.

Un ventilador gira torpe de un lado a otro tratando de refrescar el ambiente, pero lo único que hace bien es esparcir el olor que produce un aromatizante a fresa.

—*Good afternoon*, güero. *May I help you?* —un tipo aparece por detrás del mostrador. Es flaco, moreno y lleva puesta una camiseta de las Chivas del Guadalajara.

—Buenas tardes —digo nervioso, mirando en todas direcciones, tratando de encontrar algo que tenga forma de guitarra eléctrica.

—Dime… ¿en qué te puedo ayudar? —vuelve a preguntar, ahora en español.

Camino hacia el mostrador para apoyar un brazo sobre él, no quiero hacer evidente que mis piernas sufren de un ligero temblor.

—Estoy buscando una guitarra.

—¡Uy! Pues tenemos un chingo allá atrás. No las tenemos exhibidas aquí porque, como ves, nos hace falta espacio —aclara riendo, divertido—. ¿Quieres pasar a ver?

Asiento muchas veces, demasiadas.

Se agacha otra vez para abrir una pequeña puerta que permite el paso por debajo del mostrador, justo a la mitad.

—¡Pásale, bato! Mi casa es tu casa —dice fingiendo muy mal el acento gringo.

Entro rápido para encontrar que, escondidos detrás del mostrador, hay cuatro monitores desde donde se pueden observar todos los rincones de la tienda, incluso un espacio con muy poca luz donde supongo es el almacén donde se encuentran las guitarras. Una vez que me incorporo, miro hacia el techo para constatar que está lleno de cámaras de seguridad, detalle que me pone todavía más nervioso. No sé la razón, esta vez no tengo ninguna intención de robar.

El tipo abre la puerta que conduce al almacén y mete una mano para encender la luz. Al instante se iluminan seis focos industriales que producen un ligero zumbido. ¡Ahí están! ¡Las alcanzo a ver! En el fondo, detrás de un anaquel lleno de bocinas, colgadas en la pared: cientos de guitarras de todos los colores y sabores.

—Pásale a ver cuál te gusta —dice el tipo, recargado contra el marco de la puerta—. Si tienes alguna pregunta, me echas un grito y vengo de volada.

Paso de largo cuatro anaqueles atiborrados de porquerías, luego un área donde hay lavadoras y televisores y al fin llego a la sección de las guitarras. Ocupan toda una pared de la bodega: cuelgan de piso a techo y como están pegadas unas contra otras, sólo es posible mirarlas de canto.

Llegó la hora. La guitarra Jaguar es de acabado *sunburst*, así que lo primero es encontrar las que tienen el borde oscuro. Debe haber unas cuarenta. Comienzo por descartar las electroacústicas, que se distinguen por ser un poco más anchas y luego las Flying V, que tienen el costado del cuerpo angular. Luego me concentro en analizar las cabezas: todas las Fender tienen la punta de la cabeza redondeada, las llaves en hilera del lado izquierdo y por lo regular su color es de madera natural. Al menos así era la Jaguar de Kurt.

Que cumplan con ese primer filtro, sólo hay seis. Seguro todas Fender, parientes cercanas de mi amada Jaguar. Las primeras dos resultan ser modelo Telecaster, como la que le vendí al Barny. La tercera es una Strato, que se distingue de la Jaguar porque su cuerpo remata con dos cuernos, en cambio la Jaguar tiene sólo uno. Además, la Jaguar debe ser asimétrica, como la mente de Kurt.

Voy por la cuarta y el corazón me late con desesperación. Sé que las posibilidades se agotan. La sostengo del brazo y la descuelgo despacio, pero por el simple tacto sé que no se trata de mi guitarra, ésta es un tanto frágil. La volteo de golpe hacia mí para comprobar que, aunque es muy parecida, no es más que una vulgar Jazzmaster. Ya sólo quedan dos chances.

Camino de un lado a otro de la bodega, sin darme cuenta hundo el dedo pulgar detrás de mis dientes. Tal vez lo mejor sea salir corriendo y permitir que la fantasía viva. Largarme de una vez por todas con la certeza de que estuve a nada de alcanzar mi sueño. Mejor vivir como un soñador que morir como un idiota.

¡A la mierda! Nada ni nadie me va a hacer desistir. Trago saliva e inhalo aire profundo, como si estuviera a punto de zambullirme en un océano lleno de monstruos comesueños. Sin más, descuelgo la siguiente guitarra en un solo movimiento, con desición. ¡JO-DER! ¡Switch de tres pasos tipo Gibson! ¡Tercera perilla de control de volumen! ¡Dos pastillas dobles Humbucker! ¡Y tiene el puto trémolo flotante! Sin duda es una Jaguar. ¡Sin duda es la mismísima, gloriosa, celestial, mágica e incomparable guitarra Jaguar de

Kurt Cobain! Dejo caer mis rodillas al suelo y apoyo la guitarra sobre las palmas de las manos, por encima de mi cabeza, ¡no soy digno! La miro por todos lados, con muchísimo cuidado; está repleta de muescas, de rayones y tiene el puente oxidado. Le faltan la segunda y la quinta cuerdas, las otras están flojas y cubiertas de salitre. La hago girar con muchísimo cuidado para descubrir que, en la parte trasera, entre el cuerpo y el brazo, tiene una placa de metal donde está labrada la firma de Leo Fender y una calcomanía verde fosforescente con el número 233.

Viene a mi mente lo que dijo Almita, aquello de que el jaguar es renovador de mundos y símbolo de poder. ¡Es verdad! Siento esa energía salir de ella, me atraviesa las manos y recorre todo mi cuerpo. Lo logré, apenas dos días antes de mi cumpleaños veintisiete, logré encontrar una de las guitarras más célebres en la historia de la música.

Me incorporo muy despacio para colocarla arriba de una caja de cartón, como si se tratara de un bebé recién nacido al que se busca aislar de todos los peligros del mundo. Luego corro hacia la puerta.

—¡Disculpa! —digo tratando de controlar mi entusiasmo— ¡Disculpa! ¡Señor!

—¿Qué pasó, güero? ¿Ya encontraste algo? Pregunta el encargado sin despegar la vista de una revista de autos clásicos.

—Sí, necesito que me digas el precio de una guitarra.

Cierra la revista y camina en cámara lenta al otro extremo del mostrador. De alguna parte saca una gruesa carpeta.

—Atrás tiene un numerito. Dime cuál es.

—Dos tres tres —digo a toda prisa, sin la menor duda.

El tipo empieza a buscar en la carpeta hasta encontrar el apartado "guitarras", una vez ahí, recorre su dedo de arriba abajo.

—Dos tres uno, dos tres dos... Dos tres tres. Fender modelo Jaguar, ¿correcto? Dos mil doscientos dólares. Pero si me la pagas en efectivo te la dejo en dos —me mira expectante. Yo intento hacer la conversión, pero me encuentro sumamente excitado y no logro pensar con claridad.

—¿Quieres que te diga cuánto es en pesos? —pregunta al fin, después de un rato de verme sufrir para sacar la cuenta.

—Sí, por favor.

Activa la función de calculadora que tiene su teléfono celular y luego de un instante dice satisfecho:

—Cuarenta y un mil quinientos pesos. Y ya para que te animes, te regalo un estuche.

—¡Hecho! Me la llevo.

Ambos sonreímos enseñando todos nuestros dientes. Meto la mano dentro de mi pantalón para arrancar el bolsillo secreto y sacar el dinero que comienzo a repartir en el mostrador, en pilas de diez hasta juntar cuatro. El resto lo complemento con lo que llevo en la cartera.

El tipo me hace llenar un formato con mis datos básicos y me pide firmar un documento donde se indica que se me entregó el artículo en cuestión y que estoy conforme con las condiciones en que recibo la guitarra.

Mi amor, *Lenny*

—¿Cuánto cuesta esa guitarra? —preguntó Stevie Ray Vaughan al dependiente de la casa de empeños: un flaquito, con la cara cubierta de espinillas y el fleco recortado por encima de las cejas.

—Trescientos cincuenta —respondió el tipo sin despegar la vista de la mujer de Stevie, quien llevaba puesta una blusa muy escotada.

Ante la mirada desilusionada de Stevie, ella se encogió de hombros, lo sujetó de la mano y lo condujo en dirección a la salida; al cruzar el marco de la puerta, le dijo:

—Ya reuniremos el dinero. No te preocupes.

Salieron de la tienda y caminaron en dirección a la parada de autobús a esperar el que los llevaría de vuelta a Vickery Meadow. Ninguno de los dos pronunció palabra. Él venía triste, las cosas no habían salido bien últimamente; ella, en cambio, maquinaba una idea. De pronto se detuvo en seco, lo tomó de la chaqueta y dijo divertida:

—A ver, dame todo el dinero que traes. Voy a conseguir esa guitarra.

Stevie sabía que ella era capaz de eso y más; siempre se salía con la suya. Rápido sacó de su pantalón un fajo de billetes que estaban agarrados con una pinza para colgar ropa y se los entregó a su mujer.

—Ahora vengo, espérame aquí —le dijo ella antes de darle un beso en los labios. Luego se fue corriendo.

Antes de regresar a la casa de empeños, sacó de su bolso un lápiz labial de color rojo que se colocó con la ayuda del espejo lateral de un auto estacionado. Entró caminando directo hacia el dependiente, moviendo en exceso las caderas.

—Vengo por esa guitarra —dijo, señalando la Fender Stratocaster por la que se habían interesado minutos atrás.

El dependiente la descolgó nervioso y la colocó con mucho cuidado encima del mostrador.

—Son trescientos cincuenta dólares.

Lenny lo miró con ojos penetrantes y dijo sensual:

—Verás... este viernes es el cumpleaños de mi güey y me encantaría sorprenderlo con esta guitarra. El problema es que nada más tengo ciento sesenta y cinco dólares y catorce centavos.

El tipo pasó saliva, deseaba que entrara otro cliente para distender la situación.

—Lo siento señorita, es el precio final. No soy yo quien fija los precios.

Lenny se acercó despacio hacia él, mordiéndose el labio inferior; lo tomó de la camisa y lo jaló hacia ella para darle un beso largo y húmedo. Luego, con una sonrisa, sacó los ciento sesenta y cinco dólares y catorce centavos y los metió en el bolsillo del dependiente.

—Le voy a decir a Stevie que tú también contribuiste para su regalo, guapo.

El tipo no supo qué hacer, se quedó temblando, asintiendo torpe.

Aunque Stevie nunca se enteró del tremendo esfuerzo que tuvo que realizar su mujer por conseguir esa guitarra, igual la bautizó con el nombre de *Lenny*, el amor más grande de su vida.

—Señor, no puede llevar esa guitarra entre las piernas —asegura categórica una azafata de sesenta años que está maquillada como si apenas tuviera veinte—. Debe colocarla en el compartimiento superior.

—Es que no es una guitarra común y corriente señorita… Es más bien una antigüedad y ahí arriba corre el riesgo de que la golpeen si alguien mete más equipaje —le digo angustiado.

Si pudiera, me daría un par de cachetadas para hacerme entrar en razón; su mirada así lo indica. Por fortuna está bloqueando el pasillo por donde intentan pasar más pasajeros, así que no le queda más remedio que ofrecer una solución.

—Mire, tenemos un compartimiento especial para carriolas y objetos delicados —dice señalando hacia la cabina del piloto—, si gusta, la puedo meter ahí.

—¿Y no puede ser debajo de mi asiento?

—No, señor. O la coloca en el compartimiento superior o me la da a mí para que se la guarde, como usted prefiera.

Abrazo por un segundo a la Jaguar, luego la paso por encima de la señora que está sentada a mi lado para entregársela de mala gana a la azafata. La sigo con la mirada, para estar seguro de que se guarda correctamente. Por fortuna, el compartimiento de carriolas está tres filas delante de la mía, justo enfrente de la puerta del baño. Le lleva un segundo meterla, así que debe tener el espacio necesario para respirar tranquila.

—Se nota que esa guitarra es importante para ti —me dice la mujer que está sentada junto y a quien hasta ahora no le había puesto mayor atención. Es una mujer pequeña, con lentes grandes colgados a media nariz y el fleco recortado sobre la frente. Me recuerda a Linda Hunt, actriz que siempre interpreta papeles de educadora.

—Mucho, mucho —digo con una sonrisa, abrochando el cinturón de seguridad.

—¿Cómo se llama?

—Tobías Goldstein —le digo extendiéndole mi mano para saludarla—, para servirte.

Deja escapar una risa grata, contagiosa. Luego estrecha mi mano y aclara:

—Mucho gusto, Tobías. Yo soy María Esther… pero no preguntaba tu nombre, preguntaba el de tu guitarra. ¿Cómo se llama?

—Ah, ¿mi guitarra? No tiene nombre. Es nueva, la acabo de comprar; pero de ponerle uno supongo que le pondría *Jaguar*, ése es el modelo. Es marca Fender, modelo Jaguar.

—No, ése no es un nombre. ¡Deberías ponerle alguno! Si es que es tan importante para ti, claro —cierra el libro que estaba leyendo, lo coloca sobre sus piernas y sigue con voz amable—: hay una doctrina filosófica que se llama animismo, en la que se supone que todo objeto posee un espíritu que lo gobierna. Si le pones nombre a un objeto que es muy especial para ti, lo estás dotando de alma y dicha alma le proporciona inteligencia y voluntad. Por ejemplo, yo le puse nombre a mi coche, se llama *Pancho*. Es un Peugeot 99 de color azul. Lo saludo por las mañanas y le agradezco siempre por llevarme y traerme con bien a todas partes.

—¿Y de verdad crees que te escucha?

—¡Por supuesto que me escucha! *Panchito* nunca me ha dejado tirada, es más fiel que la mayoría de los hombres que conozco.

Ambos reímos con fuerza para luego dirigir nuestra atención hacia la azafata, quien está parada a medio pasillo haciendo las rutinarias indicaciones de seguridad.

—Tenía una guitarra que se llamaba *Woodstock* —le digo con nostalgia.

—¿Como el festival de música?

—No. Como el amigo de Snoopy.

Me devuelve otra sonrisa y dice:

—Ah, pues entonces ya lo sabes... Todo tiene vida Tobías: este avión, mi coche, tu guitarra; deberías ponerle nombre también.

—Pues supongo que sí, supongo que debo buscarle un buen nombre —respondo amable, preguntándome si existe alguno capaz de sintetizar todo lo que esta guitarra significa para mí.

La azafata se acerca otra vez, parece que ya lo volvió un tema personal.

—Señor, enderece su respaldo, por favor.

Molesto, sin quitarle la vista de encima, ajusto el asiento muy despacio. Mientras tanto, mi vecina de fila se acomoda los lentes, abre su libro y regresa a la lectura.

Giro hacia la ventana para ver cómo la aeronave se aleja poco a poco de la tierra y para soñar con todas las cosas buenas que vienen.

Llego a la ciudad y tomo un taxi en dirección al cuarto de ensayos. La guitarra Jaguar viene sentada junto a mí y, a pesar de estar contenida adentro de un estuche rígido, alcanzo a notar cómo emana de ella cierta energía. Linda Hunt tenía razón, sólo que en esta guitarra no habita un espíritu común; debe tratarse del espíritu de Kurt. Incluso, cada que le acerco mi mano izquierda, el dedo índice reacciona con un ligero movimiento. Es un tintineo, casi imperceptible, pero no puede tener otra explicación más que la de un milagro.

Paso la noche entera contemplándola, analizando cada una de sus marcas e imaginando qué las provocó. Kurt solía aventar el micrófono al piso y en vez de levantarlo, pegaba su cara al suelo para seguir cantando sin dejar de tocar la Jaguar.

Aún apretujada debajo de su cuerpo, el sonido de esa guitarra era espectacular. La debe haber golpeado mil veces con el atril del micrófono, la estrellaba contra los aros de la batería, en los monitores, se le escurría de las manos una y otra vez, cuando la droga, la ira y el alcohol lo volvían un demonio fuera de sí. Le coloco un viejo talí y me la cuelgo al cuello. Luego me dirijo al recorte de Kurt que aún sigue pegado en la pared.

—Lo logré —digo orgulloso—, ¡lo logré!

Es como si Kurt se hubiera convertido en un amigo cercano y de alguna manera estuviera feliz de que haya sido yo quien rescatara su guitarra. Me quedo mirándolo, estudiando su expresión: ve a cámara con una sonrisa sutil, con ojos penetrantes, como a punto de soltar una carcajada al decirnos a todos que la vida es una tremenda broma.

Me balanceo con la guitarra, es bastante más pesada de lo que esperaba. A este balanceo incorporo un rítmico movimiento de cadera, haciendo una especie de baile e imaginando que estoy tocando frente a un público invisible. Después de un rato me tiro sobre el sillón, con la Jaguar encima de manera que sus llaves quedan a la izquierda de mi cara, muy cerca del oído. No sé a qué hora me vence el sueño, pero me levanto apenas sale el sol.

Antes de cualquier otra cosa, envuelvo la Jaguar con una cobija y la arrullo durante un rato. Luego la escondo con mucho cuidado debajo del sillón, incluso pongo algo de ropa enfrente.

Al cinco para las once espero en la puerta de Casa Veerkamp que está sobre la calle de Mesones. No es una tienda barata, pero estoy seguro de que hay todo lo que busco. Un guardia de seguridad con cara de bulldog me observa con mala cara desde dentro; tal parece que le resulta molesto que ya haya alguien esperando. Reviso mi celular chino para ver que son las 10:58.

—¿Ya van a abrir? —pregunto abriendo mucho la boca, de manera que el tipo pueda leer mis labios a través del cristal.

Mira su reloj con toda la hueva, lo señala con el dedo y dice algo como:

—Todavía no son las once. Abrimos hasta las once.

Permanecemos los dos viéndonos fijamente por un rato, hasta que de mala gana saca la llave que guardaba en el pantalón y con la que se abre la cortina metálica. Se agacha lento para quitar el candado y apenas recorre la cortina a la mitad, yo ya me cuelo por debajo.

Subo corriendo a la sección donde están las guitarras. Antes se me podía haber ido la vida ahí, pero ahora no tengo ojos para ninguna otra. Diez minutos después ya tengo todo lo que necesito para echar a andar la Jaguar: un paquete de cuerdas Ernie Ball, llaves allen, aceite WD-40, tornillos nuevos y una pequeña pinza para apretar la entrada del plug. Antes de salir, busco al tipo de seguridad para restregarle mi bolsa de compras en la cara. Finge no enterarse.

Regreso tan rápido como puedo al cuarto de ensayos donde abro la puerta y la ventana para iluminar lo más posible el lugar. La ropa, los viniles y la basura regada en el piso, los aviento en el sillón con la idea de liberar espacio. Entonces extiendo la colcha y coloco encima a mi amada Jaguar.

Lo que antes hubiera hecho en treinta minutos, a una mano me toma casi dos horas; entonces me enfrento al momento crucial: la afinación. Toing, toing, taaang. Nada. Toing, toing, taaang. Por más que intento no logro ponerla en tono. Además, la segunda y tercera cuerdas trastean, incluso si las toco al aire. En el mejor de los casos, la guitarra está desoctavada, en el peor tiene el brazo torcido y habrá que cambiarlo por uno nuevo. La acuesto sobre la colcha y me siento en el piso a observarla con preocupación, igual que si estuviera postrada en la cama de un hospital. Es justo, después de permanecer veinticinco años en la esquina de una bodega y sin que nadie le prestara la más mínima atención, que ahora exija un poco más de amor del que yo le puedo dar. Necesito que un experto le eche mano.

—¡El Barny! —suelto en voz alta— ¡El puto y viejo Barny! Me la debe… después de torturarme con la historia de la Brigitte o como chingado sea que se llamaba la groupie.

Meto la Jaguar en el estuche y salgo a toda velocidad a buscar un taxi que me lleve al tianguis del sindicato. Cierran alrededor de las cinco, ya no queda mucho tiempo.

Llego al puesto del Barny para encontrarlo peleando con un par de punketos como de dieciséis años a quienes todavía no les han crecido pelos en la cara, pero ya se sienten capaces de ponerse al tú por tú con una persona mayor.

—¡Pues chingas a tu madre, pinche vejete mamón! —le grita uno de ellos haciendo un bailecito como de boxeador.

—Sí, pinche viejo puto. O nos regresas nuestra lana o te vamos a traer a la banda para romperte toda tu pinche madre, culero —amenaza el otro para luego tirar un escupitajo a los pies del Barny.

—¿Qué pasó carnal? —digo metiéndome entre ambos bandos—, ¿todo bien?

—¡Quihúbole, brothercito! ¡Qué milagro! —suelta contento al verme.

Los punketos me ven de arriba abajo y pelan los ojos. Saben bien que podría deshacerme de ellos con facilidad, aunque con la Jaguar en una mano y la otra descompuesta, no estoy dispuesto a correr riesgos.

—¿Todo bien? —insisto.

—Sí, sí… estos pinches chamacos, ya ves. Según ellos les vendí un Whammy en el doble de precio.

—Sí, pinche viejo ratero —dice uno de ellos, controlando un poco más su tono de voz.

—Aun si se los hubiera vendido en el triple de precio, los pendejos son ustedes —les digo inflando el pecho, no puedo perder más tiempo con esta pendejada—. Así que, ¡a chingar a su madre!, ¡váyanse de aquí! Ándenle, largo, ¡fuera!

—¡Pues huevos a ti también, pinche fresa culero! —dice uno ya replegándose hacia atrás.

Entonces doy un brinco al frente que los hace salir corriendo.

—No mames, pinches chavos... Me traen jodido con eso desde hace tres semanas —dice el Barny antes de darle un trago a una botella de refresco de naranja—. ¿Qué te trae por acá brothercito? ¿Vamos por otras cheves o qué?

—No. Necesito que me ayudes con algo —digo mostrándole el estuche.

—¿Quieres vender otra guitarra? —pregunta entre risas—, ¡paso sin ver!

—No. Para nada —le digo entrando ya al puesto para colocar el estuche arriba de la mesa donde hace las reparaciones. Él se coloca junto a mí, y antes de abrir el estuche, digo serio—: la encontré.

Barny pela los ojos y sacude el bigote varias veces. Me ve a mí, mira el estuche, luego otra vez se dirige a mí.

—¿La Fender Jaguar de Kurt?

Asiento repetidas veces y con una sonrisa enorme; no sólo porque el viejo Barny me va a ayudar a repararla, sino porque al fin alguien será testigo de mi hazaña. Comienzo a zafar los seguros del estuche muy despacio, uno a uno. Cuando acabo con los cinco, pregunto con emoción:

—¿Estás listo?

Barny asiente intrigado. Y así, sin más preámbulo, abro de un movimiento la parte superior del estuche para descubrir lo mejor y más valioso que poseo.

La observa impávido, pasándose la mano por el bigote una y otra vez. Luego echa las manos hacia atrás y acerca su cabeza a ella para analizarla a detalle. Mi corazón se agiganta de tanto orgullo.

—¿Cómo ves? —insisto—, ¡conseguí la puta Fender Jaguar de Kurt Cobain!

De repente, el Barny voltea hacia mí muy serio, con los ojos más abiertos que nunca.

—¡No mames, brothercito!

Sonrío enorme. Me siento más grande de lo que se debió sentir Julio César al conquistar las Galias. Pero se me apaga la sonrisa en el instante en que él también comienza a reír.

—¿Qué? ¿De qué chingados te ríes?

—No me chingues güey… —se enseria poco a poco al ver mi cara—. Es guasa, ¿verdad? Ésta no es ni en pedos la guitarra de Kurt.

—¿Cómo que ésta no es la guitarra de Kurt? —suelto ya con terror.

Se me queda mirando con cuidado, tratando de encontrar en mis ojos algún brillo, una sonrisa, alguna pequeña señal que indique que estoy bromeando; mas lo único que ve es cómo se descompone mi expresión.

Traga saliva, aprieta los labios y dice:

—Pues no carnal, sí es una buena copia, lo acepto —echa un gargajo al suelo al ver con lástima cómo mis ojos se comienzan a inundar—, pero Kurt era zurdo y esta guitarrita es para diestros. O sea que está todo al revés.

Rage against the guitar

Cahuenga Boulevard es una avenida de mierda, sobre todo el tramo que va entre Fredonia y Lankershim. Cuesta creer que los estudios Universal y el hotel Hilton, favorito de muchas estrellas de Hollywood, estén a tan pocas cuadras de distancia. Es como el sobaco de la ciudad; una mugrosa ratonera donde pseudoproductores esperan pacientes a que llegue alguna chica despistada y deseosa de fama para iniciarla en el cine porno. Es ahí donde también está Performance Guitar, un changarro especializado en hacer guitarras a la medida; todavía se distingue de las otras edificaciones gracias a un letrero luminoso que promete: *"The highest quality and best service on the West Coast. Since 1976"*.

Fue este letrero el que llevó al joven Tom Morello a entregarles todos sus ahorros, tenía la firme intención de mandar a hacer la mejor guitarra que se haya hecho jamás; una que lo llevara a convertirse en una estrella del metal. Pasó un día entero ahí metido, escogiendo con cuidado los ingredientes de la que sería una receta perfecta: la madera, las pastillas, el trémolo, el tipo de llaves; estaba seguro de que su creación haría que las guitarras de marca se pusieran a temblar.

La noche anterior a la entrega, Tom no era capaz de pegar el ojo, así que despertó a su roomate, Rick, un puertorriqueño de cabello encrespado y pantalones a media nalga, para que lo acompañara a tomar a un bar. Se pasaron toda la noche y buena parte de la madrugada hablando de música y de todo lo que lograrían cuando fueran famosos. Salieron de ahí a las seis de la mañana, pasaron a desayunar al Ralph's que está sobre Hollywood Boulevard y de ahí agarraron la Estatal No. 2 que lleva hasta Hollywood Freeway. Tom tenía el estómago revuelto por la emoción. Cuando vio por primera vez la guitarra, su cara debe haber provocado risas. Era la guitarra más fea que había visto en su vida, pero estaba

convencido de que su sonido sería inversamente proporcio-
nal a su fealdad.

Una vez que la probó, dijo:

—¡Esta cosa suena como el culo! Tiré mi dinero a la
basura.

Fue tanto su enojo, que durante los años posteriores se
dedicó a cambiarle absolutamente todo hasta que un buen
día la hizo sonar, casi, como siempre soñó.

El aire sopla agitando las hojas de los árboles haciéndolas chocar entre sí, provocando un sonido que recuerda al de la lluvia. De vez en vez también se escucha a un pájaro cantar alegre, lo hace porque nadie le ha comunicado el propósito de este sitio, pero también porque no comparte el sabor amargo que llevo en la boca, en el cuerpo. A pesar de todo me siento tantito más ligero. Ahora, en vez de cargar con un sueño inmenso, sólo llevo tres pequeñas piedras que recogí en el camino.

Avanzo con dificultad por los estrechos pasillos que hay entre las tumbas y a cada paso hago crujir los montones de ramas y hojas marchitas que se acumulan en esta época. Casi todas las lápidas están coronadas con una estrella de David. Me parece que se vienen unas encima de otras, como si estuvieran peleando entre ellas para ver cuál logra resaltar de las demás, gritando en busca de atención. Me deprime la posibilidad de acabar mis días en un lugar así, en un multifamiliar del olvido. Lo que yo quisiera es desaparecer al morir, ser incinerado, desintegrarme como una nube frente al sol, pero pienso en las cenizas de Kurt: parece que las conservaba su mujer dentro de un clóset en la mansión de Beverly Hills hasta que un buen día alguien se las robó, o eso dijo ella. Hay quienes aseguran que en una borrachera Courtney y sus amigos las inhalaron revueltas con cocaína. ¡Los putos restos mortales de un ídolo de ídolos!

No me paraba aquí desde el entierro de mi hermano, por lo que tendré que hacer un esfuerzo para encontrar su tumba. Según recuerdo estaba apenas a dos lápidas de un tubo de desagüe semienterrado que va de un extremo a otro del panteón. Viene ese detalle a mi memoria porque, mientras cubrían a León con tierra, yo sólo trataba de entender por qué había un tubo semienterrado, por donde tal vez pasaban aguas negras, en medio de un lugar así. Si continúo caminando en línea recta, tarde o temprano toparé con él.

Es extraña esa mezcla de tranquilidad y nostalgia que transmiten los cementerios, muy parecida al sentimiento que hay al regreso de un viaje largo: no importa haber visitado los destinos más exóticos o haberse hospedado en los mejores hoteles; al final siempre se debe regresar al mismo lugar. Al llegar a este punto, de nada sirve gritar, llorar o desgarrarse las ropas. Ya no hay vuelta atrás, aquí todo es irremediable.

Encuentro el tubo. Es mucho más grueso y oxidado de lo que lo recuerdo y ahora que lo veo, imagino que probablemente debió estar aquí mucho tiempo antes que el panteón. Camino a su lado buscando la tumba de León y trato de distinguir si el tubo está resurgiendo de la muerte o si más bien, como yo, sólo quiere meterse debajo de la tierra.

De repente, una lápida brinca frente a mí. "León Goldstein. 1984-2009". A su lado está la tumba del abuelo Ariel y, junto, un montón de tierra fresca con un letrero que dice "Ruth Kowalczyk. Amada madre y abuela. 1936-2015". Me quito el saco de piel de víbora, reclino la cabeza solemne y aprieto los ojos con fuerza, como tratando a través de esa acción triturar mi insignificante historia.

—Perdónenme por ser tan pendejo —digo en voz alta, abriendo los ojos despacio. Luego coloco una piedra encima de cada tumba.

—¡Tobías! —escucho un grito a lo lejos que me eriza toda la piel. Giro lentamente para confirmar lo que ya sé. Rengueando hacia mí viene el Don, con el rostro rígido y la ropa de siempre.

—¿Qué haces aquí?

—Lo mismo que tú, creo —respondo al tragar saliva y regreso la vista a la nueva morada de la Bobe.

Se detiene a mi lado, frente a la tumba de León, para ser exacto. La observa con ojos tristes, tratando de imaginar por millónesima vez cómo sería la vida si ese camión de pasajeros me hubiera llevado a mí, y no a su tesoro más preciado.

Para verme menos inútil, doblo las rodillas y me pongo a arrancar algunas hierbas que hay alrededor de la tumba del abuelo.

—¿Cómo has estado? ¿Sigues con la guitarrita? —suelta al fin.

—Sí, claro que sigo... Gracias por preguntar —respondo atragantándome, extirpando una planta de raíces largas.

Recarga su mano izquierda sobre la lápida de León en señal de respeto, aunque también lo hace para decansar su pierna buena. Luego, como si le provocara gran dolor, voltea hacia mí.

—Hoy es tu cumpleaños.

—Sí. 27 años —digo fingiendo una sonrisa—, no se me ocurre un mejor día para venir al panteón.

Ambos permanecemos un buen rato en silencio, con la cabeza gacha en señal de respeto. Hasta que él dice:

—Tu abuela te dejó su herencia.

Ahora soy yo quien gira la cabeza para encontrarlo, pero él no despega la mirada de la tumba de mi hermano.

—El único requisito para que la recibas es que comiences a trabajar en el negocio de la familia.

Un pájaro revolotea a nuestro alrededor, luego se postra algunas lápidas más allá. No tiene nada en especial, es gris con las alas salpicadas por plumas negras y con los ojos grandes y brillantes.

—Mira... sería perfecto para tu colección.

Guitarra Jaguar de Erick De Kerpel
se terminó de imprimir en abril de 2018
en los talleres de
Impresora Tauro S.A. de C.V.
Av. Plutarco Elías Calles 396, col. Los Reyes,
Ciudad de México